悪役令嬢は二度目の人生を従者に捧げたい

紅城蒼

B's-LOG BUNKO
ビーズログ文庫

Contents

Character 人物紹介
リュカ
ロザリアの忠実な従者。ロザリアを愛しすぎるがゆえ時に暴走することも……？
ロザリア・フェルダント
乙女ゲームの悪役令嬢に転生。前世の最推しキャラであるリュカを救うため、大奮闘！
悪役令嬢は二度目の人生を従者に捧げたい

イヴァン・ウォーリア
【攻略対象】
学園の教師。物腰の柔らかいフェミニスト。
オスカー・ディオ・エルフィーノ
【攻略対象】
エルフィーノ王国の王太子。ロザリアの婚約者。
ルイス・フェルダント
【攻略対象】
ロザリアの一つ上の兄。文武両道な超絶美形キャラ。
サラ・ベネット
【ヒロイン】
平民ながら妖精が見られる能力を持ち、学園に転入する。
ミゲル・モーガン
【攻略対象】
明るく陽気なムードメーカー的存在。

イラスト／獅童ありす

序章　散りゆく命の恨み言

――あ、これ、やばい。

そう思った瞬間《しゅんかん》、今までに感じたことのない衝撃《しょうげき》が、轟音《ごうおん》と共に身体《からだ》中を走った。

痛い、苦しい、辛《つら》い。いろんな言葉が思《おも》い浮《う》かぶが、声にならない。口が開かない。

（私、死ぬのかな）

徹夜《てつや》して迎《むか》えた朝、会社に向かっていたはずだった。寝不足《ねぶそく》でフラフラしていた自覚はある。でも歩行者用の信号は青だったから、渡《わた》っても平気だと信じ切っていた。

そこに大きなトラックが突《つ》っ込《こ》んできたのも、覚えている。睡魔《すいま》に襲《おそ》われぼんやりとしていた頭では、咄嗟《とっさ》の身動きが出来ず避《よ》けられなかったことも。

つまり自分は、交通事故に遭《あ》ったのだ。

（駄目《だめ》だ……。音が、意識が、遠のいていく……）

先程《さきほど》まで聞こえていた周囲のざわつきも、徐々《じょじょ》に聞こえなくなっていく。

それと共に、大切な人の顔が一人、また一人と、走馬灯《そうまとう》のように脳裏《のうり》に浮かんでいく。

（ああ、ゲームに熱中しすぎて時間を忘れたりしなければ、徹夜することもなかったのに）

今更遅《いまさらおそ》いとわかっていても、後悔《こうかい》が押し寄《よ》せる。

親しい人たちの顔が脳内を駆《か》け巡《めぐ》る中、最後に思い浮かんだのは——薄情《はくじょう》なことに両親でも友人でもなく、ましてやこの世界に実在する人物でもなかった。

（うっ……、例え画面越《ご》しだとしても、彼をもっと眺《なが》めていたかった……！）

身体の自由はきかないが、猛烈《もうれつ》に泣きたくなってきた。愛する人の姿が、瞼《まぶた》の裏ににじわりと広がっていく。

サラサラの金髪《きんぱつ》に優《やさ》しい萌黄《もえぎ》色の瞳《ひとみ》、春の穏《おだ》やかな日差しを連想させる、優しい笑顔《えがお》。

大好きな乙女《おとめ》ゲームに登場する、最推《お》しのキャラクター。

彼の登場シーンを楽しみに、しつこく何十回とプレイした。数少ない台詞《せりふ》や立ち絵が出てくるたび、ヒャッホウと歓喜《かんき》したものだ。彼の存在が自分の原動力だった。

だからこそ、彼が迎えるいくつもの結末に、どれだけ泣かされたことだろう。二十四年の人生の中で、最も許容出来ない事案だった、と言っても過言ではない。

そう考え出したら、最期《さいご》に恨《うら》み言《ごと》の一つでも言いたくなってくる。もうとうに声なんか出ないけれど、精一杯《せいいっぱい》の大きな声を、心の中で張り上げた。

最後に画面越しに見た、彼の姿を思い浮かべて。

「なんで……っ、なんでいつも死んじゃうのよぉ、リュカぁぁ…………‼」

第一章　我が人生は推しのために

――……ア様、目を開けてください……ロザリア様……。

「……ん……？」

誰《だれ》かに呼びかけられ、手をギュッと握《にぎ》られた感覚に、意識が浮上《ふじょう》した。

ゆっくりと瞼《まぶた》を開くと、宝石のような美しい緑色の瞳《ひとみ》が間近にあった。一つ、瞬《まばた》きをして視線が合うと、その瞳が大きく見開かれた。

「――ロザリア様！　ああ、良かった……。目を覚まされましたね……！」

「……………え？」

ぼうっとする頭で、自分に話しかけている声に耳を傾《かたむ》ける。

「階段から落ちて頭を打たれ、その衝撃《しょうげき》で意識を失っていたのです。怪我《けが》自体は大したことがない、と医師は言っていたのですが……。ご気分はいかがですか？」

「階段？　落ち……、ええ？」

確か自分は、交通事故で死んだのではなかったか。そうだ、最期《さいご》に推しの顔を思《おも》い浮《う》かべて安らかに眠《ねむ》りについたはず――と思い出したところで、意識が完全に覚醒《かくせい》する。そして、自分を覗《のぞ》き込《こ》む目の前の人物の顔に、目を瞠《みは》った。

(……嘘《うそ》、待って)

「私のことがわかりますか？」

不安そうに問いかけられ、ゴクリと唾《つば》を呑《の》む。

(……わかる。この顔、とてつもなく見覚えが……)

窓から射《さ》し込む月光を反射して輝《かがや》く、眩《まぶ》しい金髪《きんぱつ》。木漏《こも》れ日《び》のように優《やさ》しく煌《きら》めく、萌《も》黄《え》色《ぎ》の瞳。心配そうに眉尻《まゆじり》を下げていても、その造作はうっとりするほど美しくて。

――そうだ、この一億点満点の美青年は、最期に思い浮かべた最推しの――……。

「リュ、リュカ――――っっっ⁉」

思わず叫《さけ》んで飛び起き、目の前の肩《かた》をガシッと摑《つか》む。リュカ（仮）は一瞬《いっしゅん》ビクリとしたものの、すぐに動揺《どうよう》を抑《おさ》えて微笑《ほほえ》んだ。

「はい、そうです。良かった、意識はしっかりしていますね」

返ってきた答えに、頭が真っ白になる。

(は、はいって言った⁉　なんでリュカが目の前に⁉　どどどうして実体化してるの⁉)

リュカはゲームに出てくるキャラクターで、画面の向こうの存在のはず。しかし、そこにいるのは見間違《みまちが》えるはずもなく、愛する彼だった。

──いや、待った。それ以前に。

「私……、死んだはずよね……!?」

彼はぱちくりと瞬きをし、柔《やわ》らかく微笑んだ。

「大丈夫《だいじょうぶ》です、生きていますよ。ただ、頭を打たれたのですからまだ起き上がってはいけません。横になっていてください」

優しい手つきでフワフワの毛布の中に押し戻《もど》されてしまう。どうやらここは寝室《しんしつ》のようだ。見上げると、無駄《むだ》に豪華《ごうか》な天蓋《てんがい》に囲まれていることがわかった。

（待って、頭が追いつかない。私、どうなっちゃったの？　ここはどこ？）

リュカ（仮）を見ると、彼は天使かと見紛《みまが》うほどの優しい笑顔《えがお》を浮かべ、立ち上がった。

「飲み物をお持ちします。休んでいてくださいね。──ロザリア様」

去り際の言葉を聞いて、身体《からだ》中にビリっと電撃《でんげき》が走った。……今、なんと言った？

（……ろざりあ？　……ろざりあ、ロザリア…………。──ロザリア・フェルダント!?）

ガバッと起き上がり、転げ落ちるように寝台から抜《ぬ》け出《だ》す。いくつもある扉《とびら》を開け、ようやく見つけた鏡台を覗き込み──固まった。

腰《こし》まである深紫色《ふかむらさきいろ》のウェーブの髪《かみ》に、意志の強さを感じさせる深紅色の瞳。精巧《せいこう》な人形のように完璧《かんぺき》に整った顔立ち。嫌《いや》になるくらい見慣れた顔が、そこにあった。

「ロ、ロザリアだ……。《おといず》の悪役令嬢《れいじょう》、ロザリアだ……！」

《おといず》、正式名称《めいしょう》《妖精《ようせい》の乙女《おとめ》と祝福の泉》は、自分が一番好きだった乙女ゲームだ。妖精と共存する世界の学園で、ヒロインが四人の攻略《こうりゃく》対象たちと恋愛《れんあい》をしていく物語。

その中でロザリアは、ヒロインに意地悪したり攻略対象との仲を邪魔《じゃま》したりする、高慢《こうまん》な我儘《わがまま》お嬢様のライバルキャラ——いわゆる悪役令嬢として登場する。

そのロザリアが、なぜか鏡の向こうから自分を見つめ返していた。

(そんな馬鹿《ばか》な。私……、死んでロザリアに転生してしまったということ……⁉)

そして、転んで頭を打った衝撃で、前世の記憶《きおく》を取り戻したというところだろうか。

信じられないが、この凄《すさ》まじい美貌《びぼう》は『悪役のくせに無駄にキャラデザに力が入っている』と評判だった、ロザリア・フェルダントに間違いなかった。

愕然《がくぜん》とするが、すぐにそれどころではなくなる。——重要な事実に気付いたからだ。

(……あれ？　ということは、さっきのは本当に……本当に、あのリュカ⁉)

ロザリアの忠実な従者、リュカ。攻略対象ではなく脇役《わきやく》の一人であったが、生前の自分が、メインの攻略対象キャラを押しのけてまで好きだったキャラだ。

彼もロザリア同様にキャラデザが凝《こ》っていることで有名だった。超絶《ちょうぜつ》美形の主従コンビとして、当初はユーザーを騒然《そうぜん》とさせたものだ。あの見目麗《みめうるわ》しい外見、そして自分がロザリアであるということが事実ならば、やはり彼は本当にリュカなのだろう。

そう結論づけると、途端《とたん》に身体中が沸騰《ふっとう》するように熱くなった。

（……きゃ――――っっ!! 推しに！ 実体化した推しに会えた!! やった――っ!!）

一瞬、死んでしまったことや家族への申し訳なさが頭を過《よぎ》った。しかし、先程《さきほど》会った実物のリュカの輝きに、全てが眩《くら》んでゆく。お父さん、お母さん、ごめんなさい。

（落ち着け私。楽しみにしてた新作ゲームの店舗《てんぽ》別特典が、一斉《いっせい》公開された時みたいに情報過多だけど！ まずは落ち着け！）

「ロザリア様！」

一人でジタバタしていると、大きな音と共に扉が開け放たれ、リュカが戻ってきた。

（ヒィッ、本物眩しすぎる！ というか、制服以外の姿を見るの初めてでは!? グレーのベストにジャケットが完璧に似合ってる！ 推しが実在している！ が、眼福……！）

そんな心の声など聞こえるわけもなく、リュカはつかつかと歩いてきて眉根を寄せた。

「休んでいてくださいと言ったではありませんか。顔が赤い。熱があるかもしれません」

ごめんなさい、あなたに興奮しているだけです。とは言えるわけもなく黙《だま》っていると、リュカはスッとロザリアに腕《うで》を回し、軽々と抱《かか》え上《あ》げた。

（ぎゃ――!?）

「さ、寝台に戻りましょう。しっかり休みませんと」

推しにお姫様《ひめ》抱《だ》っこされるという、非現実的かつ光栄なシチュエーションに、頭がクラクラしてくる。それを見てますますリュカは勘違《かんちが》いしたようで、慌《あわ》てたように足を速めた。

「お水をどうぞ。それともホットミルクにしますか？　他にも各種お持ちしましたが」

ロザリアを寝台に下ろしたリュカは、いくつもの飲み物をテキパキと、寝台脇の台に並べていく。良《い》い香《かお》りがすると思ったら、紅茶も何種類かあるようだ。……数が多すぎる。

「な、なんでこんなにたくさんあるの？」

「もちろん、お好きなものをお選びいただけるように、です」

そう言われて思い出す。リュカはとにかくロザリア命で、彼女の喜びそうなことならなんでもするし、どんな命令でもこなすことに心血を注ぐ、完璧に忠実な従者なのだ。

容姿以外は取り柄《え》がないと言われるロザリアに、下僕扱《げぼくあつか》いされても嫌な顔一つせず尽《つ》くし抜くリュカは、〝主従モノ好き〟な一部のマニアックなユーザーから絶大な支持を得ていた。かくいう自分もその一人だった。

（そう、ロザリアのことを常に考えていて、めちゃくちゃ気遣《きづか》いの出来る良い子なのよ、リュカは……！）

しみじみと考えていると、口からポロリと言葉が零《こぼ》れ出てしまった。

「尊い……」

「え？」

（しまった、つい口癖《くちぐせ》が！）

「あ、えっと、その……あ、ありがとう！　こんなに気遣ってくれて！」

取り繕《つくろ》うように笑ってみせたが、対するリュカは驚《おどろ》いた様子で、大きく目を瞬《しばたた》いた。

（……はっ、失敗した！　ロザリアは絶対に人に礼を言うようなキャラじゃなかった！）

それはリュカに対しても同様なのだろう。現にリュカは今、言葉を失っているのだから。

「……ロザリア様、やはりかなり熱があるのでは？」

完全に病人扱いされてしまった。一言お礼を言っただけなのに。

「失礼します」

「わっ⁉」

額に触《ふ》れられて、体温がまた上昇《じょうしょう》する。

（お、推しの素肌《すはだ》が自分に触れている……‼）

「熱い……やはり風邪《かぜ》でしょうか。明日の始業式は休まれた方がいいかもしれませんね」

「ち、ちがっ、それはあなたが触《さわ》るから——……じゃなくて、え？　……今、なんて……。

——始業式？」

何かとてつもなく嫌な予感がして、悪寒《おかん》が走った。始業式。そのワードは確か……。

（《おといず》のプロローグイベント……‼）

「あ、明日って始業式なの⁉　エルフィーノ王立学園、二年目の⁉」

「ええ、そうですよ。もしやお忘れでしたか？」

（忘れるわけない、忘れられるわけがないわよ……！）

二年生の始業式。ここから《おといず》のゲームは始まるのだから。

ヒロインがロザリアの通う学園に編入してきて、攻略対象たちと初対面する大事なイベントが展開されるのだ。その後、ヒロインは各キャラのルートで攻略対象と恋仲《こいなか》になり、それぞれのエンディングを迎《むか》えるのだが――……。

（ロザリアとリュカは、ほぼ全ての結末で処刑《しょけい》されて死ぬのよ……!!）

さあっと血の気が引いた。なんということだ。推しに会えた喜びのせいで、一番大事なことを忘れていた。前世で死ぬ間際《まぎわ》、恨《うら》み言《ごと》を叫んだほどだったというのに。

ガタガタと震《ふる》え出したロザリアに、リュカがまた心配そうに身を乗り出す。

「やはり具合が悪いのですね？　お待ちください。今、医師を呼んできま――……」

「駄目《だめ》っ、行かないで！」

思わず叫んで、腕を摑んでしまっていた。リュカが目を丸くする。

（つまりこのままだと、ゲーム通りにリュカは死んでしまう可能性が非常に高い？　せっかく実在する彼に会えたのに？　……そんなの絶対、絶対絶対、嫌に決まってる!!）

青褪《あおざ》めていた顔が、胸の内で燃え上がる闘志《とうし》を反映し、血の気を取り戻していく。

「私は大丈夫。大丈夫だから――……、あなたは、何も心配しなくていいわ
――私が必ず、あなたのことを守るから。

「……ロザリア様？」

つい、指先に力を込めてしまったせいか、リュカが眉を顰《ひそ》めた。

「どうなさったのですか？　先程からなんだかご様子が……」

覗き込む顔は、主人の行動に困惑《こんわく》しているようだった。当然だ。今の自分は、記憶にあるゲームのロザリアとはだいぶ異なるだろうから。

すう、と息を吸い、呼吸を整える。

「……なんでもないわ。目が覚めたばかりで、ちょっと混乱していただけだから。もうおとなしく寝《ね》ることにするわね。付《つ》き添《そ》ってくれていてありがとう、お休みなさい」

余計な心配をさせてはいけないと、令嬢らしく、精一杯《せいいっぱい》落ち着いた声で告げた。

そのまま毛布の中に潜《もぐ》り込む。リュカは何かを思案するようにしばしその場を動かなかったが、やがて「お休みなさいませ」と小さく呟《つぶや》き、寝室を出て行った。

（さて、今後のことを考えなくちゃ）

もちろんこの状況《じょうきょう》で呑気《のんき》に眠れるわけもなく、ロザリアは再び毛布から顔を出した。

自分がロザリアに転生したからには、絶対にリュカを死なせない。何がなんでも彼を救う未来を勝ち取るため、ゲームの内容を慎重《しんちょう》に思い出していく。

《おといず》の舞台《ぶたい》エルフィーノ王国は、建国時に人と妖精が協力した縁《えん》で、妖精と共存している国。人々は妖精から自然の恩恵《おんけい》を授《さず》かり、豊かな生活を営むことが出来ている。

だが、妖精を見ることが出来るのは貴族など一部の者のみで、その者たちが妖精と正しく接する知識を学ぶためにあるのが、エルフィーノ王立学園なのである。プレイヤーはここで、ヒロイン・サラの視点で学びながら四人の男性と恋に落ち、各キャラのルートにおいて共に妖精とのトラブルに対処しつつ、絆《きずな》を深めていく。

（そしてロザリアは、妖精たちを従えてサラに様々な嫌がらせを仕掛《しか》け——処刑される）

この国で最も重罪とされているのは、妖精を使役《しえき》して悪事を働くこと。ロザリアはこの罪を犯《おか》したために処刑されるのだ。主人の言いつけを守り、常に従っていたリュカと共に。

（でも一つだけ、ロザリアとリュカが断罪されても生き残れる結末がある。となるとそこを目指すしかないわ。——オスカールートのハッピーエンドを……！）

オスカー・ディオ・エルフィーノ。攻略対象中のメインキャラとして扱われていた、この国の王太子。ロザリアの婚約者《こんやく》でもあるキャラクターだ。

その立場のおかげか、オスカールートでハッピーエンドを迎えた際、ロザリアたちは情けをかけてもらい、婚約解消と共に国外追放だけで済まされる。二人とも死なずに済むのだ。

（この結末を目指すなら、オスカーとサラの恋路を後押しするように動かなくちゃね。……出来れば、早い段階で婚約解消もしてしまいたいんだけど）

さっさと身を引いて二人の邪魔なんてしませんアピールが出来れば、安心要素が増えると思うのだ。

ちなみに攻略対象はあと三人いるが、彼らのルートに進みそうになるのを阻止《そし》しつつ、ロザリアとしてはそれなりの距離感《きょり》で当《あ》たり障《さわ》りなく接していればいいだろう。

(もちろん、サラへの嫌がらせ行為《こうい》も絶対禁止!)

攻略対象をはじめ、学園の生徒は貴族で構成されているのだが、サラは平民。ロザリアはまずそこが気に入らなくて、サラに突《つ》っかかっていくのである。身分や地位にこだわる、典型的な高慢お嬢様なのだ。

(後は、妖精に冷たく接したり、従えたりしないこと。これも重要よね)

シナリオ進行の邪魔をしなくとも、妖精たちに対する仕打ちが酷《ひど》かったら、結局は罪に問われてしまう可能性がある。少しでも疑われそうな状況を作らないために、出来る限り彼らと良好な関係を築くことにも努めたい。

(特に気をつけるのはこれくらいかしら。……ああ、私が目覚めたのが幼少期なら、そもそものロザリアの性格を矯正《きょうせい》することだって出来たのに)

ゲーム開始が数時間後に迫っている今となっては、もうどうしようもないのだが。

重い溜《た》め息《いき》を吐《つ》いて窓の外を見ると、いつの間にか空は白み始めていた。けれどロザリアは構わず、その後もリュカ救出計画を必死に練り続けたのだった。

その結果、少しウトウトした程度の睡眠量《すいみん》で、朝を迎えることになってしまった。

（寝不足だけど、ゲームのやりすぎで徹夜《てつや》続きなんてしょっちゅうだったから、これくらいは全然平気ね）

うっすらと隈《くま》が出来ているが、毎日隈だらけで顔色が悪かった前世に比べたら、大したことはない。肌の状態も、健康や身なりに無頓着《むとんちゃく》だった前世と違い、驚くほど良好だ。潤《うるお》いもツヤも素晴《すば》らしすぎて超健康体に見える。さすが、《おといず》一の美人キャラ！

――そう、思っていたのに。

「やはりお休みになった方がよろしいのでは？　お顔の色が優《すぐ》れないようですが」

リュカには目敏《めざと》く、隈を見つけられてしまった。

「だから、平気だと言ったでしょう。階段で打った後頭部も、もう痛くないもの」

「ですが……」

「具合が悪くなったら正直に言うから。それでいいでしょう？」

そう言うと、リュカは納得《なっとく》いかなそうにしながらも頷《うなず》いた。

（ごめんねリュカ。プロローグイベントでいきなりロザリアがやらかす場面があるのよ。それを回避《かいひ》するためにも、私は行かなきゃならないの！）

初対面のサラに、いきなり嫌味をぶつけて罵《ののし》るのだ。最悪の出会いの場面である。

その展開を知っているからこそ、そうならないよう穏便《おんびん》に事を済ませたい。処刑へのフラグは一つでも多く折っていかなくては。

（それにしても、リュカの制服姿を実物として拝める日が来るとは思わなかった！　ベージュ色の制服がよく似合っていて、画面越《ご》しに見るより百万倍かっこいいんですけど‼）

前を歩いているため、ニヤニヤ顔を隠《かく》せることをラッキーと思いつつ、歩を進める。

（本来リュカは十九歳だから、十七歳のロザリアより二年前に入学して、もう卒業しているはずなのよね。でもロザリアが自分に合わせて入学させると我儘を押し通したせいで、同学年になったのよ。おかげで今こうして制服姿を拝めてる！　ありがとうロザリア！）

転生を自覚してから、初めてロザリアに感謝の気持ちを抱《いだ》いた。ムフフとニヤつきながら歩いているうちに、ダイニングルームに辿《たど》り着《つ》く。

広い室内に大きく取られた窓からは、朝の光が満遍《まんべん》なく射し込んでおり、美しく見事な調度品たちがキラキラと輝いている。シャンデリアがちょっと眩しすぎるくらいだ。

（どこもかしこも、豪華な造りだなぁ。有力公爵《こうしゃく》家っていうのは本当だったのね）

フェルダント公爵家は、王国内でも五本の指に入るほどの権力を持つ公爵家、という設定だった。当然、それほどの権力を持つのには理由がある。特殊《とくしゅ》な血筋だからなのよね――と設定を思い返しながら席に着くと、両親の公爵夫妻が遅《おく》れて姿を見せた。

「お父様、お母様。おはようございま――……」

「まあっ、その顔はどうしたのです、ロザリア！」

朝の挨拶《あいさつ》は、母のミランダの悲鳴にかき消された。

「酷い顔色じゃありませんか！　隈までこさえて！」

（こ、こっちも目敏いな！）

開口一番に指摘《してき》されるとは思わなかった。父のルドルフも心配そうな顔を向けてくる。

「転んで頭を打ったが、特に問題はないと聞いていたんだが。痛みで眠れなかったのかい？」

「いいえ、痛みはありません。少し寝つきが悪かっただけで、全くの健康体ですわ」

大したことはないと微笑んでみせるが、ミランダは眉を吊《つ》り上げた。

「隈が出来るほど眠れなかったなんて大問題です。医師を呼びましょう」

大袈裟《おおげさ》です、と返そうとしたが、険しい顔のミランダに遮《さえぎ》られた。

「まったく、フェルダント家の娘《むすめ》ともあろう者が、みっともないですよ！」

その言葉に、自分の中のロザリアとしての十七年分の記憶が、ピクリと反応した。

（……ああ、そうだ。この家の人たちは……）

スッと頭が冷静になったロザリアは、姿勢を正した。

「失礼しました。『リャナン・シーの血族たる者、常に完璧に美しくあれ』、ですものね」

「そうです、自覚が足りませんよ」

ミランダが不満そうな顔のまま、席に着く。ロザリアはこっそり息を吐《は》いた。

リャナン・シー。美しいことで有名な妖精であり、フェルダント家の初代当主の奥方《おくがた》でもあった、ロザリアの祖先にあたる存在だ。

基本的に妖精を見ることが出来る者は、妖精と共に建国に携《たずさ》わるなどして彼らと縁がある貴族の家の者だが、中にはフェルダント家のように妖精の血を直接引く者もいる。

とはいえ、妖精が人間と婚姻《こんいん》を結ぶ例は非常に珍《めずら》しく、高位貴族の一部にしかいない。

《おといず》ではロザリアの他、攻略対象キャラしか該当者《がいとう》がいないのだ。それくらいにレアなので、妖精の血を引く家は優遇《ゆうぐう》され、大きな権力を与《あた》えられているのだった。

（……まぁ、実はヒロインもそうでした、って終盤《しゅうばん》に明らかになるんだけど）

ちなみにリュカも妖精を見ることが出来るが、妖精の血は引いていない。前者の、妖精と縁深い家に生まれたパターンだ。

（そして、その美しい妖精の血族であるゆえに、この家の人間は美へのこだわりが半端《はんぱ》ないのよね。そんな環境《かんきょう》で育ったら、ロザリアがこうなっちゃうのも仕方がない気がするわ）

ゲーム内のロザリアは、見た目はもちろん、振《ふ》る舞《ま》いにおいても何かと美しさにこだわる人物だった。だから、平民出身で素朴《そぼく》なサラが気に入らなかったのだろう。

（悪行の数々が許されるわけではないんだけど、ちょっとロザリアに同情するなぁ……）

まだ続いている母の小言にウンザリしながら、早く食べ終えてしまおう、とロザリアはせっせと食事を進めていく。その時、ふと視界に小さな影《かげ》が映り込んだ。

給仕《きゅうじ》をするリュカのジャケットのポケットに、潜り込んでいる何か。あれはもしや。

「妖精だわ！」

思わず声を上げてしまい、皆《みな》の視線が向けられる。それがどうした、という表情のミランダと目が合い、ロザリアにとって妖精を目にするのは当たり前なのだと思い出す。

訝《いぶか》しむ視線からどう逃《のが》れようか思案していると、リュカが突然《とつぜん》頭を下げた。

「申し訳ありませんでした。お食事中に、ご気分を害してしまいまして」

言いながら、ポケットを押さえて退く。まるでロザリアの視界から隠すように。

「え？　別に、気分を害してなんか……」

リュカの言動の理由がわからず首を傾《かし》げると、ミランダが呆《あき》れたような声を出した。

「ロザリア、いい加減に慣れなさいな。リュカが妖精に好まれているのは昔からなのだから。そんなにいちいち鬱陶《うっとう》しがらなくたっていいでしょう」

（……あ、そうか！　ロザリアはリュカにまとわりつく妖精を嫌《きら》ってたんだった！）

というかそもそも、妖精全般《ぜんぱん》をしもべとしか見ておらず、好んでいないのだ。当然、そんなロザリアのことを妖精側も怖《こわ》がっていた――という設定を、母の言葉で思い出す。だからリュカは、ロザリアから見えないように隠したのだろう。

「いえ、お食事中に連れてきてしまったのは私の落ち度です。すぐに外に放ってきます」

妖精を疎《うと》ましく思っている印象を払拭《ふっしょく》しなくては、と思ったロザリアは、咄嗟《とっさ》に叫んだ。

「い、いいのよそんなことしなくて！　むしろ、自由にしてあげてちょうだい！」

普段《ふだん》言わないようなことを口にしたロザリアに、一同が動きを止める。そんな彼らの様子には気付きもせず、ロザリアはテーブルの上のビスケットに目を留め、一つ閃《ひらめ》いた。

（あ！　これ、もしやチャンスなのでは⁉　妖精はお菓子《かし》が好きだったわよね。ゲームでもよくヒロインがあげてたもの。今ここで同じことをしたら、少しは妖精からの印象を回復出来たりしないかしら！）

期待に胸を躍《おど》らせ、ビスケットの皿を引き寄せる。根っからの甘いもの好きなロザリアのため、食事時には彼女専用のお菓子も一緒《いっしょ》に用意されているのだ。それがこんなところで役に立つとは。

戸惑《とまど》いながらもリュカがポケットを押さえていた手を放すと、翅《はね》を生やした二十センチほどの身長に、尖《とが》った耳と緑色の服の生き物が顔を出した。ピクシーだ。

（うわあ、本物の妖精だぁ！　実物見るの初めてだー……！）

感激しているうちに、リュカの周りにはフワフワとたくさんのピクシーが集まっていた。

（本当にリュカは妖精に好かれてるのね。確かに懐《なつ》かれやすいタイプかも）

妖精は勤勉な人、美しいものや金髪、リュカの瞳の色のような緑色を好むのだ。なるほど、と眺《なが》めていると、ピクシーと目が合った。……が、すぐに逸《そ》らされた。

（これは……、思っていた以上に嫌われてるわね）

仕方がない。ロザリアはずっと、妖精に冷たく当たったり従えようとしてきたのだ。家に住み着く妖精に避《さ》けられていたって、文句は言えない。

けれど、それでは駄目なのだ。

（妖精たちとは、良好な関係を築いていく。リュカ救出計画にそれは欠かせないのよ！）

ロザリアはビスケットがよく見えるように皿を置き、妖精たちに微笑みかけた。

「妖精――いえ、良き隣人《りんじん》の皆さん、ビスケットはお好きかしら。よければいかが？」

その発言に、リュカと両親が「えっ」と声を出した。ピクシーたちも、互《たが》いに目を合わせながら不安そうな顔でロザリアを見ている。「ロザリアだ」「ロザリアが話しかけてきてるぞ」「なんで？」「いつも僕らをしもべ扱いしてるのに」なんて声も聞こえる。

（くっ……、ロザリアめ、あんたどれだけ信用ないのよ！）

ピクシーたちはしばらく窺《うかが》うようにロザリアを見ていたが、やがてそろりと近づいてきた。そうして、ロザリアが差し出したビスケットをそっと手に取っていった。

（やったあ！　私から食べ物を受け取ってくれた！　作戦成功！）

この手が通じるなら、学園の妖精と良好な関係を築くのも、きっと可能なはずだ。そうすれば、妖精を使役して悪事を働くという未来は、防げるのではないだろうか。なんだか嬉《うれ》しい。

「おいしい」「ありがとー」と口々に言い、ピクシーたちはニッと笑う。

「……あの、ロザリア様。どうなさったのですか？」

リュカが怪訝《けげん》そうな表情でこちらを見ていた。両親も同じ様子でこちらを見ている。

そりゃそうだ。ロザリアが妖精のために何かしようだなんて、今までありえなかったこと。とんでもなく奇妙《きみょう》な光景に見えているに違いない。

「べ、別にいいでしょう。妖精と親しくなりたいと思ったって……」

「………親しく？」

皆が眉間《みけん》に深く皺《しわ》を刻んだ。そんなに疑い深い目で見なくても——と情けなくなりながら、居《い》た堪《たま》れなくなって自らの口にもビスケットを運ぶ。

その瞬間《しゅんかん》、ふわりとローズの香りが広がった。

（わっ、これすっごく美味《おい》しいな！）

今まで気にしてこなかったが、改めて味わうと、行列の出来る店並みのクオリティだと感じるほど美味しかった。思わず目を閉じて噛《か》みしめていると、リュカが素早《すばや》く反応した。

「ロザリア様、どうなさいました？」

「……これ、とっても美味しいなと思って。メインの料理も美味しいけれど、これはまた別格というか。作った料理人に、一度ちゃんとお礼を伝えたいわね」

リュカがピクリと身動《みじろ》いだ。どうしたのかと見上げると、小さな声が返ってきた。

「……それは私が焼いたものです。お褒《ほ》めの言葉、ありがとうございます」

「えっ、あなたが？」

「はい。ロザリア様にお出しするお菓子は全て、私が用意させていただいております」

（料理まで得意だったとは！　というか、そんなことまでしてくれていたのね……！）

推しの手料理を毎日食べていたなんて、幸せの極《きわ》みである。

「そうだったのね、知らなかったわ……。リュカ、いつもありがとう」

今まで彼の行動に目を向けてこなかったことへの謝罪も込めつつ、ニッコリと微笑んで感謝の言葉を告げる。ニッコリというかニヤついているかもしれないが、本当に感動したのだから仕方ない。感激の涙《なみだ》を堪《こら》えているだけ褒めてほしい。

「……あ、ありがとうございます」

リュカにしては珍しく、歯切れの悪い返しだった。うっすらと耳が赤くなっている。

（え、やだ照れてない!?　これ照れてるよね!?　可愛《かわい》すぎるんですけど――!?）

ロザリアから礼を言われることに慣れていないせいかもしれないが、破壊《はかい》力は凄まじかった。スマホがあったら迷わずカメラを向けているところだ。

そんな邪《よこしま》な気持ちを抱くロザリアに対し、リュカはふわりと微笑んだ。

「そのように言っていただけるなんて、身に余る光栄です。これからも精進《しょうじん》します」

「い、いいのよ、そんなに大袈裟に捉《とら》えなくて。あなたはそのままで……」

「いえ、もっと努力します。私の命はロザリア様のためにあるのですから」

(うっ、駄目だ。お礼を言っただけなのに、忠誠心に火をつけてしまったみたい)

ロザリアに尽くしすぎて、自分を犠牲《ぎせい》にしないでほしい。そう思うのだが、この従者のロザリア至上主義っぷりは、かなり重症《じゅうしょう》なようである。

(リュカは十年前からロザリアに仕えてるんだったわよね。それだけ長ければ、ロザリアへの過度な忠誠心が染《し》みついちゃってても、しょうがないのかしら……)

しかし出来ることなら、命を救うだけでなくリュカの日々の負担も減らしたい。ロザリアのリュカへの依存《いそん》体質を改善し、彼に心配も迷惑《めいわく》もかけないような人間になりたい——

そう思うのだが、その道はなかなか険しそうだ。

ビスケットを頬張《ほおば》りながら考え込んでいると、両親が怪《あや》しむように口を開いた。

「ロザリア、あなた一体、どうしたのです？　なんだかいつもと違いますよ？」

「やはり打ち所が悪かったんじゃないか？　大丈夫かい？」

良識ある会話をしていただけなのに、怪我のせいにされた。心外である。

「ですから、怪我は全く問題ありません。ご心配いりませんったら！」

これ以上疑惑《ぎわく》の目を向けられるのは苦痛だ。そう思ったロザリアは、その後はさっさと食事を済ませ、そそくさとダイニングルームを後にした。

（さて、これに乗ったらいよいよプロローグイベントはすぐそこね）

ポーチで送迎《そうげい》用の立派な馬車を見上げたロザリアは、深呼吸をした。よし、と気合を入れて、リュカと共に乗り込む。

すると、中にはすでに一人の青年が座っていた。

（わぁっ⁉　な、なんでここにルイスが⁉）

ルイス・フェルダント。エルフィーノ王立学園生徒会長を務める、ロザリアの一つ年上の兄。そして、《おといず》攻略対象キャラの一人でもある。

（ロザリアの難アリな性格のせいで、この兄妹《きょうだい》めっちゃ仲悪いんじゃなかったっけ⁉　ゲームでも会話する場面はなかったから接点ないと思ってたのに、一緒に登校してたの⁉）

朝食に同席していなかったのでてっきりそうだと思っていたのだが、登校くらいは一緒に、ということなのだろうか。学園に着く前にもう攻略対象と接する羽目になるとは。

動き出した馬車の中、動揺を抑えつつ、なんとか笑顔を作ってルイスに声をかける。

「おはようございます、ルイスお兄様」

途端、ルイスは肩まである黒髪を揺《ゆ》らし、アメジスト色の瞳を疑うように細め、見つめ返してきた。……しまった、いきなりやらかした。

（こらーっ！　仲悪い設定なのになんでにこやかに挨拶してるんだ私は――！）

いつもは絶対に挨拶なんてしないのだろう。ルイスの表情がそれを物語っている。

接し方に困るから、仲が悪いなら徹底《てってい》して距離を置いてほしい、と心中で恨み言を呟いたロザリアに、ルイスは胡散臭《うさんくさ》そうな目を向けながらも、「……ああ」と低い声で答えた。

（あーもう、ヒロイン《サラ》視点でゲームをやってたから難しいわね。わざわざオスカー以外の攻略対象と絡《から》んでいく必要なんてないんだから、不審《ふしん》に思われるような行動は慎《つつし》まないと）

だが心配する必要もなく、ルイスはとっくにロザリアへの興味を失ったようで、手元の本に目を落としている。良かったと思いつつ、ロザリアはじっとルイスを観察した。

（うーん、さすが攻略対象。ビジュアルの破壊力は抜群《ばつぐん》ね）

クールで女嫌《おんなぎら》いなせいで一見近寄り難《がた》い印象なのだが、リャナン・シーの血の影響《えいきょう》で顔の造作が格別に整っており、男性キャラで一番の美形として描《えが》かれていたキャラだった。

さらに、ヒロインに心を開いてから見せるようになる、穏《おだ》やかな表情とのギャップが魅《み》力《りょく》で、ユーザーからかなり人気があったと記憶している。

（確かに美形だし割と好きなキャラだったけど、私はリュカの方が断然綺麗《きれい》だと思うわ）

目の前に座る兄から、隣《となり》の従者に視線を移す。油断するとニヤニヤが抑えられなくなるのを堪えながら、愛《いと》しい推しに熱い視線を送る。うん、やっぱりどの角度から見ても素敵《すてき》。

「……ロザリア様、申し訳ありません。どこかおかしかったでしょうか」

だが、あまりにも見つめすぎたのか、リュカは困ったように自身の身体を検《あらた》め始めた。しかも、何か不手際《ふてぎわ》があったのかと勘違いさせてしまっている。

「やだ、何を言っているの。おかしなところなんてないわよ」

「ですが、私の姿を気にされているようでしたので」

大好きな推しを視界に収めてニヤニヤしていただけです！　と言いたくなるのを抑え、慌てて「違うわ！」と身を乗り出した。

「心配しないで、あなたはいつも完璧だから！　美しく整えられた身なりも洗練された所作も、全てにおいて非の打ち所がなく素晴らしいから‼」

ポカン、と擬音《ぎおん》が聞こえた気がした。熱く捲《まく》し立《た》ててしまったことを後悔《こうかい》するも遅《おそ》く、リュカと——それから読書していたはずのルイスでさえ、目を丸くしてこちらを見ていた。

（し、しまったぁ……！　常日頃《つねひごろ》思っていたことがつい口から出てしまった……！）

熱くなると周りが見えなくなり、弾丸《だんがん》トークをしてしまう。オタクの悲しい性《さが》である。

恐《おそ》る恐るリュカを見ると、彼は戸惑うような照れているような、そんな顔をしていた。

「あの……えっと、ありがとうございます。ロザリア様」

「い、いえ、その、ほら。あなたはそのままで十分だと言いたかったのよ」

なんとか笑って誤魔化《ごまか》す。しかし、ルイスはいまだに不審そうな目を向けていた。

「……ロザリア。お前、一体どうしたんだ？」

（そんな得体の知れないものを見るような目を向けないでよ——!!）

居た堪れない気持ちになりながら、ルイスにも笑いかける。

「嫌だわお兄様、リュカは大切な従者なのよ。いつも思っていることを言っただけだわ」

「大切な……従者……？」

（ちょっと、なんでそこで二人して声を揃《そろ》えるのっ）

ルイスはいよいよ信じられない、と言いたげな表情をしていた。一方リュカは、反応に困ってしまったようで俯《うつむ》いている。え、やだ、可愛いんですけど。

「……この上ない誉《ほま》れです、ロザリア様」

（は、はにかんでる——!! 天使の微笑み、ううん、天使のはにかみ!!）

あまりの愛らしさに、鼻血を吹《ふ》きそうになった。いや、心の中では盛大《せいだい》に吹いている。

どうしよう、推しが可愛すぎて辛《つら》い。

「………なんなんだ、一体」

困惑したルイスの声が、馬車の中にポツリと響《ひび》いた。

しばらくして、馬車は学園に到着《とうちゃく》した。妖精を見ることが出来る者のみが入学を許される、エルフィーノ王立学園。画面越しに見てきた風景が、目の前に広がっていた。

馬車を降りて歩き出すと、蜂蜜《はちみつ》色の髪にサファイア色の瞳をした青年が、ツンと澄《す》ました表情で歩いてくるのが見えた。来たわね、と胸の内で呟く。

（出たな、オスカー！　人気投票ぶっちぎり一位、最強のツンデレ王子!!）

個別ルートにおける絶妙《ぜつみょう》なツンデレ攻撃《こうげき》に、数多《あまた》の乙女が心を掻《か》っ攫《さら》われた人気キャラだ。そして、リュカ生存フラグへの唯一《ゆいいつ》の希望である。

（待ってなさいオスカー。必ずサラとハッピーエンドを迎えさせてみせるから！）

闘志を宿して見つめるが、オスカーはそんなロザリアには見向きもせず、数歩前にいるルイスに声をかけた。

「やっと来たな、ルイス」

婚約者のロザリアには、チラリとも視線を寄越《よこ》さない。見事なまでのスルーだ。

（ああそうだ、ツンデレ王子と我儘令嬢だから、ここも仲が悪いのよね）

婚約といっても、有力公爵家で昔から付き合いがある、とかそんな理由で決まった縁談《えんだん》だったはず。だから当人たちの仲が悪かろうが関係ないのだ。

どの道、彼からの好感度を上げたいわけではないので、ロザリアにとって問題はない。

「何かあったのか？」

ルイスも、妹がぞんざいに扱われていることなど気にするふうもなく返す。

「今日だろう、彼女が編入してくるのは」

「ああ、そうだった。サラ・ベネットだったか」

その名にドキリとする。ついに正ヒロインのサラが現れるのだ。

(いよいよ始まってしまうのね、《おといず》が……!)

その時突然、一陣《いちじん》の風が吹いた。わざとらしいゲームの演出のような、不自然な風が。

(……サラだわ)

風が吹き込んできた先から、校門を抜けて一人の少女が歩いてくる。ロザリアと違い、真《ま》っ直《す》ぐでサラサラな金髪を風になびかせ、紺碧《こんぺき》色の瞳を不安そうに揺らしながら。

サラはオスカーに目を留めると、「あ」と小さく声を上げた。それを見たオスカーも、一歩踏《ふ》み出す。

「ようこそ、サラ・ベネット。今日から君もこの学園の生徒だ。よろしく」

(——ああ、覚えてる。このプロローグイベントで最初に声をかけてくれるのが、オスカーだったのよ……)

そもそもシナリオ上で、平民として田舎《いなか》で生活していたサラの能力を見出《みいだ》したのは、オスカーなのだ。視察で地方を回っていたところに、妖精と接していたサラと偶然《ぐうぜん》出会い、編入してくるよう声をかける。それが《おといず》の全ての始まりなのだ。

(不思議ね。あの印象的な場面を、この場所から見てるなんて)

だが、余韻《よいん》に浸《ひた》っている場合ではない。そろそろ頃《ころ》合いだろうか。

サラとオスカーが話し、そこに生徒会長のルイス、さらに残り二人の攻略対象も加わっていくのを見ながら、ロザリアはジリジリと後ろに下がっていった。他の生徒たちの視線は、サラたちの元に集まっている。──よし、いける。

(このまま存在を消して、このイベントを乗り切りたい……!)

ゲームだとここでロザリアがしゃしゃり出ていき、サラに悪口を言い始めるのだ。

(でも私はそんなことしないから、どうかこのまま穏便にシナリオを進めてください!)

最初の顔合わせで、悪い印象を与えない。あえて生徒たちが集まる中でおとなしくしていることには、効果があるはずだ。

物陰《ものかげ》に隠れようと足音を立てずに動くと、そんな主人の行動にリュカが気付いた。

「ロザリア様、どうされました?」

「気にしないで、私は今モブキャラなの。いないものと思ってちょうだい」

「…………モブキャラ?」

理解しようと首を傾げるリュカに、オタク用語言ってごめんと心の中で詫《わ》びる。

その時だった。

「ロザリアー、お腹空《なか》いたー!」

「えっ、ちょっ……、きゃあっ！」

リュカが持ってくれていたバッグの中から、緑色の影が飛び出してきた。しかも複数。

「ロザリア様！」

謎《なぞ》の物体たちに飛びつかれた勢いでよろけたが、咄嗟にリュカに支えられる。

「あ、ありがとう。何？　今の……」

自分の身体を見下ろしたロザリアは、目を瞠った。朝食時に現れたピクシーたちが、なぜかロザリアの身体にまとわりついていたのだ。

「あなたたち、どうしてここへっ⁉」

「さっきのうまかった！　もっとちょーだい」

「僕も欲《ほ》しいー！」

「え？　さっきのって……、ビスケットのこと？」

「そう、それだ！」「それが欲しい！」なんて騒《さわ》ぎ始める。戸惑いつつも、ロザリアはリュカからバッグを受け取り、中を探《さぐ》り出す。

「それなら持ってきているわ。待ってて、今用意するから」

学園の妖精にお裾《すそ》分《わ》け出来る機会があるかもしれないと思い、リュカから残りをもらっておいたのだ。ピクシーたちは嬉しそうな声を上げ、我先にと手を伸《の》ばしてくる。

「ちょっと、だから待ってったら——……、こらっ、落ち着いて順番に並んでちょうだい！」

一喝《いっかつ》すると、彼らは素直《すなお》に頷き、ロザリアの前に整列した。

「ちゃんとみんなにあげるから、焦《あせ》らないで。……もう、ふふっ」

嬉しそうにビスケットを受け取っていく妖精たちを見て、可愛いのと嬉しいのとで、思わず笑《え》みが零れてしまった。

（あー良かった、多めに持ってきておいて……って、わ――っ⁉）

一息《ひといき》吐いて顔を上げると、オスカーとルイス、サラをはじめ、集まっていた生徒たちが全員、驚愕《きょうがく》の表情を顔に貼《は》りつけてロザリアを見ていた。

（やっ、やばい……！　めっちゃ悪目立ちしてる……！）

当然の反応だ。ロザリアが妖精にお菓子を振る舞うことなんて、今まで絶対になかったはずだから。

固まったまま背中に汗《あせ》をかき始めたロザリアの耳に、「ロザリア様が妖精と親しげに！」「一体どうなさったの⁉」「妖精に微笑みかけていらしたぞ⁉」とヒソヒソ声が聞こえてくる。まずい。めちゃくちゃ怪しまれている。

そんなロザリアを気にも留めず、ピクシーたちはビスケットを美味しそうに頬張り、さらにはロザリアの髪を引っ張って遊び始めてしまった。

（はっ、どうしよう！　もしかしてこの光景、妖精たちをお菓子で釣《つ》って、従えようとし

ているように見えるんじゃ⁉︎)

脳裏《のうり》に『バッドエンド』の文字が浮かぶ。おとなしくしているつもりだったのに、しょっぱなのイベントからやらかしてしまうなんて。

絶望的な気持ちになっていると、後ろからグイッと腕を引っ張られた。

「……リュカ？」

「ロザリア様、御髪《おぐし》が乱れてしまっています」

いつになく低い声が耳元で聞こえ、ゾクリとした。リュカはロザリアに何か言う間を与えず、そのまま力強く腕を引いて、その場からロザリアを連れ出した。

何が起きたのかわからない、と困惑する生徒たちを残して。

「……申し訳ありませんでした。まさかバッグの中に妖精が紛《まぎ》れ込んでいたとは……」

リュカは人気《ひとけ》のない場所で足を止め、項垂《うなだ》れた。妖精たちはビスケットをもらって満足したのか、いつの間にかどこかへ消えてしまっていた。

「いいのよ、彼らは自分で気配を消すことが出来るんだから、気付けないこともあるわ。……まさか私なんかについてくるなんて、驚いたけれど」

あんなに怖がられていたのに、なぜ急に懐かれるようになったのか。わからない。

リュカはポケットから櫛《くし》を取り出し、無言でロザリアの髪を梳《と》かし始めた。優しく丁寧《ていねい》

な手つきに心地良《ここち よ》さを感じながらも、ロザリアは気になっていたことを口にした。

「ねえ、さっきの……、あなたにはどんなふうに見えた？」

「……どんな、とは？」

「つ、つまり、妖精を従えて何か悪巧《わるだく》みしようとしてるって、そう見えたかしら⁉」

勢《いきお》い込んで尋《たず》ねると、リュカはパチパチと瞬きをした。

「いえ、そんなまさか。というか、むしろ——……」

「本当⁉　良かったぁ‼」

ホッとして息を吐き出す。

(少しでも誤解を招きそうな行動は避けたいもの。ロザリアがサラにいちゃもんつける展開もちゃんと避けられたたし、シナリオ通りにいかなかったってことでいいよね⁉)

安堵《あんど》するロザリアとは反対に、リュカは浮かない顔をしていた。

「……ロザリア様、一体どうしたのです？　急に妖精と親しくしようとなさるなんて」

「えっと……それは」

「昨夜から様子がおかしいですよ。やはりお身体の調子が悪いのではないですか？」

なぜか、ものすごく不満そうな顔をされた。そんな表情も可愛いけれど、今は萌《も》えている場合じゃない。本能的にそう感じた。

「……わ、私ももう十七歳だし、いろいろと身の振り方を考え直そうと思ったのよ」

「考え直す？　なぜです、貴女《あなた》は今のままで良いではありませんか」

「だ、駄目に決まってるでしょう！」

何を言ってるんだと言わんばかりの顔をされ、声がひっくり返る。この子、本当にロザリアへの忠誠心が分別を欠いてないか。もうこれ、ロザリア病って呼んでもいいんじゃないだろうか。

「私は変わりたいの。今までみたいに我儘放題な生き方ではなく、ちゃんとして周りやあなたにも迷惑をかけないような人間になりたいのよ」

「迷惑だなんてとんでもない。私は貴女のために存在するのですから」

（いか――ん！　本気で重症だ!!）

いちユーザーだった頃の自分ならキャーッと湧《わ》いていたところだが、今は出来ない。どうにかしてリュカをロザリアから解放し、あらゆる負担を減らしてあげなければ。

「これはっ、私とあなたの未来のためでもあるの！　だから異論は受けつけませんっ！」

それだけ言って、背を向けて走り出す。このままだと、ロザリア病重症患者《かんじゃ》に言いくるめられてしまう気がしたからだ。

（ああもう、誰にどう思われようとも、絶対絶対、私はリュカを助けるんだから――!!）

ロザリアが去っていってしまうのを、リュカは呆然《ぼうぜん》と見ていることしか出来なかった。

「『私とあなたの未来のため』……？」

彼女が最後に口にした言葉を繰《く》り返《かえ》し、それが何を指しているのか考える。

（……いや、あの方のことだ。深い意味で言ったわけではないのだろう）

自分がどう思われているかなんて、十分わかっている。わかっているはずなのに。

（美味しい、と……笑ってくれた）

あの時湧き上がった気持ちを思い出し、胸が熱くなる。無防備な顔、花が綻《ほころ》ぶような笑顔。それが自分に向けられたことへの喜び。——なのに。

「あんなふうに、他の奴《やつ》らの前でも見せてしまうなんて。……本当に貴女はわかっていない」

忠実な従者の低い呟きは、近くを飛《と》び交《か》う小妖精の耳にも届かなかった。

第二章　従者と攻略対象の攻防

この世界における妖精《ようせい》は、大きく二種類の属性に分類される。人々に自然の恩恵《おんけい》をもたらしてくれる〝光の妖精〟と、人々に害を成すばかりの〝闇《やみ》の妖精〟。彼らは皆《みな》、無邪気《むじゃき》で気まぐれな性格をしている。光の妖精とて、気分を害すれば人に悪戯《いたずら》することもあるが、闇の妖精は悪さすることを純粋《じゅんすい》に楽しむ連中なので、トラブルをよく引き起こす。

この学園では一般《いっぱん》的な教養科目の他に、そんな闇の妖精とのトラブルへの対処法や、光の妖精から加護を受けるための正しい付き合い方を学ぶ、妖精学の授業が設けられている。

「妖精学二年目の授業では、実際に妖精と接して学んでいきます。というわけで、今日は『光の妖精から加護を授《さず》かる』ことが課題です。この庭園にいる妖精たちと交流し、親睦《しんぼく》を深め、先程《さきほど》配った薔薇《ばら》の蕾《つぼみ》を、彼らの力で咲《さ》かせてもらってください」

(花を咲かせてもらう——、妖精の加護としては、初歩中の初歩ね)

教師の説明を聞きながら、ロザリアは手元の赤い薔薇に視線を落とした。

「妖精はなかなか心を開いてくれませんが、誠実に接すれば必ず彼らに伝わりますよ」

緊張《きんちょう》した面持《おもも》ちの生徒たちを安心させるように、教師が笑いかける。その顔が、ふとロザリアの方に向けられた。眼鏡の奥の茶色の瞳《ひとみ》が、面白《おもしろ》そうに煌《きら》めいている。

「……まあ、中にはすでに、たいへん懐《なつ》かれている人もいるようですが」

皆が一斉《いっせい》に振《ふ》り向《む》いた。好奇《こうき》の目がロザリアに集中する。

（ちょ、ちょっと――‼ せっかく目立たないように一番後ろに陣取《じんど》ってたのに‼）

顔が引《ひ》き攣《つ》ったロザリアの髪《かみ》には、今日も妖精たちがまとわりついていた。本日のお供は、チューリップの精の小妖精たちである。

（授業前にお菓子《かし》を配るんじゃなかった……！）

学園の妖精と親しくなるために、暇《ひま》を見つけてはお菓子を配り歩き、仲良くしましょう作戦を実行しているのだ。しかしまさか、授業にまでついてこられるとは思わなかった。

離《はな》れてくれないので仕方なく隅《すみ》でひっそりとしていようと思ったのに、わざわざクラスメートの注目を集めてくれた教師に、恨《うら》みのこもった目を向ける。

（余計なことをしてくれたわね、イヴァン・ウォーリア！）

妖精学の教師であり、攻略《こうりゃく》対象の一人でもあるキャラだ。物腰柔《ものごしやわ》らかいフェミニスト、ヒロインより年上の二十五歳ということで、大人の男に弱いユーザーたちから評価が高かった。亜麻《あま》色の長髪《ちょうはつ》を緩《ゆる》く結《ゆ》ったビジュアルは、確かに色気があり素敵《すてき》ではあるけども。

（わかってる、わかってるわよみんな。ロザリアが妖精をまとわりつかせてるのは、何回見ても珍妙《ちんみょう》な光景に映ってるってことくらい）

　クラスメートからの視線が刺《さ》さる。生徒はほぼ貴族のみとはいえ、中でもフェルダント家は格が違《ちが》うというのが総意なのと、ロザリア自身の性格も相まって、ロザリアに友人と呼べる存在はいない。なので聞こえてくるのは、一定距離《きょり》を保ったところからの囁《ささや》き声《ごえ》。

「今日もすごいわね、ロザリア様」

「あんなに妖精に懐かれてらっしゃるなんて」

（ううっ、やっぱりこれ、見方によっては妖精を従えてるように見えるんじゃないかな⁉

……い、いや、大丈夫《だいじょうぶ》よね。そうは見えないって、この前リュカは言ってくれたもの）

　振り返ると、当のリュカはロザリアのずっと向こう、イヴァンをじっと見ていた。どこか硬《かた》い表情なのが気になったが、イヴァンの次の説明に意識が呼《よ》び戻《もど》される。

「では、課題を始めましょう。二人一組のペアを組んでください」

（……ペア？　――あぁっ、あのイベントね⁉）

《おといず》序盤《じょばん》のイベントだ。サラに嫌《いや》がらせしようとしたロザリアが、彼女とリュカを組ませ、妖精をわざと怒《おこ》らせてサラに攻撃《こうげき》するよう仕向ける、という内容のもの。

（だけど、異変に気付いたオスカーが駆《か》けつけて、事なきを得るのよね）

　この時ロザリアはオスカーと組む。仲が悪いくせに、王太子の婚約《こんやく》者であることを周囲にアピールするように、高飛車な笑いと共にサラの目の前でオスカーを連れて行くのだ。

　典型的な頭の悪い高慢令嬢《こうまんれいじょう》っぷりを見せる場面。絶対にやりたくない。

（でもこれ、最初からサラとオスカーが組んでくれれば、全てが問題なく済むわよね！）

生徒たちがペア組みのために動き出し、オスカーが面倒《めんどう》くさそうな顔で近づいてくる。こういう時、必ず一緒《いっしょ》に行動したがるロザリアを鬱陶《うっとう》しく思いながらも、断ると癇癪《かんしゃく》を起こしてさらに面倒なことになるとわかっているのだ。

「おい、ロザリア――」

「オスカー、あなたはサラさんと行くべきではなくて？」

言葉を遮《さえぎ》り微笑《ほほえ》むと、オスカーが足を止めた。名指しされたサラも近くで固まっている。

「……ベネット嬢と？」

「サラさんは編入してきてまだ一週間なのよ。学園のことも妖精のこともわからないことが多いでしょう。であれば、ここに通うことを勧《すす》めたあなたがエスコートをするべきでは？」

ざわ、と周囲が騒《さわ》いだ。あの見栄《みえ》っ張《ぱ》りのロザリアが、婚約者を他の女性と組ませようとしてるだなんて――そんな声が聞こえてくるような空気だ。リュカも驚《おどろ》いたように、黙《だま》ってロザリアを見ている。

「それは……そうかもしれないが」

「それに、私には申し分ないエスコート役がいるもの。さあリュカ、一緒に行きましょう」

「え……、ですが」

腕《うで》を引っ張ると、リュカが気にするようにオスカーの方をチラリと見た。

「私はあなたと行きたいの。いいでしょう？」

もう一押し、と強めに言うと、リュカはパチパチと瞬《まばた》いた後、嬉《うれ》しそうに相好を崩《くず》した。

「……光栄です。どこまでもお供します」

ちょっと大袈裟《おおげさ》な表現のような気もしたが、推《お》しの笑顔《えがお》に脳内で花が満開に咲く。

（やーん可愛《かわい》い！　私だってどこまでもお供するわよ――!!）

ニヤけそうになるのを必死に抑《おさ》え、落ち着いた態度を装《よそお》って続ける。

「では行きましょう。皆さん、お先に失礼しますわね」

まだ脳内で花が咲いていたが、努めてレディらしくお辞儀《じぎ》をし、その場を立ち去る。

少し離れてから振り返ると、驚き固まっていたオスカーがやっと動き出していた。そしてサラに声をかけに行くのを確認《かくにん》し、心の中でよっしゃあと叫《さけ》んだのだった。

（ふっふっふ……。ロザリアの悪行イベントを回避《かいひ》した上に、自然にオスカーとサラを組ませられたわ！）

確かな手応えを感じながら、リュカと庭園を進んでいく。出来るだけ遠くへと。

（ここでオスカーとサラの親密度が上がるかもしれないんだもの。万が一遭遇《そうぐう》して二人の

邪魔《じゃま》をしてしまう、なんてことにならないように気をつけないと）

周囲の様子を窺《うかが》いつつ進む庭園は、自然を好む妖精が集まりやすいように、たくさんの草花が植えられている。季節柄《がら》、一面に花が咲いている景色は壮観《そうかん》だ。

「綺麗《きれい》に咲いているわね」

ロザリアの呟《つぶや》きに「はい」と返したリュカは、穏《おだ》やかな笑顔を浮《う》かべていた。

（くぁ～っ！　花にも勝《まさ》る麗《うるわ》しい微笑み！　目の保養ですありがとう‼）

いつにも増してニコニコしているように見えるのは気のせいだろうか。自分の目に推しに対する特殊《とくしゅ》フィルターがかかっているせいかもしれないが、笑ってくれるならなんでもいい。長年ロザリアに虐《しいた》げられてきた分、これからは穏やかに笑って過ごしてほしいから。

「さて、この辺りまで来ればいいかしら」

浮かれた気分で歩いていると、ツン、と髪が引っ張られる感覚が走り、足を止める。

「いたっ」

「ロザリア様⁉」

一瞬《いっしゅん》で血相を変えたリュカに、大丈夫、と手を振る。

「妖精に強めに髪を引っ張られただけよ。――こら、あなたたち。遊ぶのはいいけれど、ほどほどにしてちょうだいね」

髪にぶら下がる小妖精たちが、クスクスと笑いながら「はーい」と返事をした。

「……怒らないのですか？」

これまでのロザリアなら、憤慨《ふんがい》して叱《しか》りつけているところだろう。なのに、怒るどころかずっと髪を自由にさせている主人の姿を、リュカが不思議そうに見つめる。

「これくらい気にしないわ。少しは好かれているみたいで、むしろ嬉しいくらいだもの」

「少しどころか、とても好かれてらっしゃると思いますよ」

そうかしら、と小妖精の花びらのような翅《はね》を、そっと撫《な》でる。

こういった妖精は光の妖精に分類されるのだが、ゲームのロザリアは妖精を冷遇《れいぐう》していたので、善良な光の妖精からは恐《おそ》れられていた。

代わりに周りにいたのは、邪悪《じゃあく》な闇の妖精たち。ロザリアの妖精への態度は光・闇関係なく一貫《いっかん》していたが、他者へ害を与《あた》えることを好む闇の妖精と、ヒロインに嫌がらせをしたいロザリア。双方《そうほう》の利害が一致《いっち》し、なんとなく馬が合って手を組んでいたのだ。

（手を組むのはシナリオ中盤《ちゅうばん》からだから、この頃《ころ》はどの妖精とも親しくなかったはずよね）

だからこそ、今こうして妖精が近寄ってきてくれることを、嬉しく感じる。

「……今までは、怖《こわ》がらせてしまっていたわよね」

「気楽に近づいてはならぬ方だと、彼らも無意識に避《さ》けていたのではないでしょうか」

（オブラートに包んでくれてるけど、『近寄るな』オーラを出しまくってたってことよね）

ロザリアが稼《かせ》いできた悪役ポイントの重みを、ひしひしと感じて悲しくなる。

(今更遅《いまさらおそ》いとわかってるけど、少しずつでも挽回《ばんかい》していかなくちゃ……！　リユカの未来を守るためにも！)

改めて決意していると、突然《とつぜん》目の前に赤い薔薇が現れ、「きゃっ」と身を引いた。

「な、何——……あら？　この薔薇は、もしかして……」

よく見ると、小妖精たちが蕾の開いた薔薇を抱《かか》え上《あ》げ、飛んでいた。

「課題で配られた薔薇じゃない。あなたたち、咲かせてくれたの？」

「ええ！　だってロザリア、これを咲かせてほしいんでしょ？」

「さっき〝せんせい〟が言ってたわ！」

少女のようにキャッキャと明るい声を上げる妖精たちから、薔薇を受け取る。

「その通りよ。ありがとう、お礼に明日もまたビスケットを持ってくるわね」

「やったあ！」「約束よ、ロザリア！」とはしゃぎ、妖精たちはまた髪にじゃれつき出す。

「リユカ、あなたの分も咲かせてくれたみたいよ」

もう一輪の薔薇をリユカに渡《わた》すと、彼は目を丸くしてそれを受け取った。

「……すごいですね。妖精が、人間の喜ぶことを自ら進んでしてくれるなんて」

「やだ、大袈裟よ」

「大袈裟ではありません。妖精は普通《ふつう》、自分が認めた人間としか関わりを持たない生き物です。長年家に住み着いている妖精ならまだしも、外で出会った妖精とこんなふうに親しくなるには、時間がかかるもの。ですがロザリア様は、それをいとも簡単になさっています」

「リュカだって、妖精たちから好かれているじゃない」

現に今も、彼の肩《かた》や制服のポケットからは、別の小妖精たちが顔を覗《のぞ》かせている。

「私の場合はじゃれつかれているだけですから。ロザリア様のように会話をしたことはありません。つまり、彼らはロザリア様を、本能的に認めているのだと思いますよ」

「本能的に？」

「貴女《あなた》はリャナン・シーの血を引くお方。妖精は同族の血を尊ぶため、その血が流れる人間にはより強く惹《ひ》かれるそうです。加えて、近頃《ちかごろ》はこうして親しみを込《こ》めて接してらっしゃいますから、皆嬉しそうにロザリア様の元へやってくるのではないでしょうか」

「なるほど……」

そういえば《おといず》の公式設定資料集にも、妖精の血族は良くも悪くも妖精に与える影響《えいきょう》が大きい、と書いてあった気がする。好かれやすい反面、恐れられやすいとも。影響力があるから従えることも容易になる。だからロザリアは闇の妖精を使役《しえき》出来たのだ。

（つまり、ロザリアが変わったから、光の妖精が近づいてきてくれるようになったのね）

まだ序盤とはいえ、闇の妖精しか周りにいなかったゲームのロザリアとは、着実に違う道を進めている。そう思えると安心して、ふふ、と笑《え》みが零《こぼ》れた。

「……本当に、変わられましたね」

「え？」

「いえ、なんでもありません」

聞き返そうと一歩踏《ふ》み込もうとした時、リュカがハッとして手を差し出した。そのまま身体《からだ》を守るように優《やさ》しく腕を回され、足を止める。

「段差があります。お気をつけください」

足元を見ると、注意深く周囲に目を配らせていないと気がつかないくらいの、小さな段差があった。

「……ありがとう。よく気付いたわね」

「どんな些細《ささい》なことからも貴女の安全をお守りするのが、私の使命ですから」

(紳士《しんし》……っ！　相変わらず大袈裟な表現込みだけど、世界一の紳士だわ……！)

「ロザリア様？」

「……気にしないで、あまりの尊さに目が眩《くら》んでいるだけだから」

「え？」

キョトンとした顔で聞き返され、またうっかり心の声を口にしてしまったことに気付く。

「い、いえ違うのよ、なんでもないわ！　ちょっと日差しが眩《まぶ》しいわねと思ったの！」

ほほほと笑いながら赤くなった顔を背《そむ》ける。危ない。すぐに思ったことを口走る癖《くせ》をなんとかしなくては。

離れようと身動《みじろ》ぐが、リュカの腕にほんの少し力がこもり、引き寄せられた。

「……先程は、嬉しかったです」

頭上から優しい声が降ってきて、ドキッとする。

「私をパートナーに選んでくださって。その役目はいつも、オスカー様のものでしたから」

「……言ったでしょう、私はあなたと一緒に行きたかったのよ」

ゲーム通りのシナリオ回避のため、というのが一番の理由ではあるが、大好きなリュカと一分一秒でも長く一緒にいたい。その気持ちがあることも確かなのだから。

「ええ。その言葉が、本当に嬉しかったのです」

腕の力が緩み、ようやく顔を見ることが出来たリュカは、最上級の笑顔を浮かべていた。

（ひぇっ……、この笑顔の輝《かがや》きやばいんですけど‼　いや、確かにリュカはいつも穏やかな笑顔を浮かべているキャラだったけど、なんていうか、こう……、画面越《ご》しではなく至近距離で拝めるとなると、破壊《はかい》力が増すんですが……‼）

眩しい。美しい。推しのこの微笑みだけで白飯五杯《はい》は軽くいける。

（しかもなんだか可愛い言い草だよ⁉　これつまり、いつもオスカーと一緒に行っちゃう

からってヤキモチだよね⁉　リュカってばほんっとにロザリア好きなんだなぁ……‼）

主人命なのは知っていたが、こんなに可愛らしいヤキモチを焼いてくれるのかと思うと、可愛さで爆発《ばくはつ》しそうになる。

（そうやって大切に想《おも》ってくれている分、私も命懸《いのちが》けであなたを守るからね……！）

こんなに善良で紳士な素晴《すば》らしい青年を、絶対に死なせたりするものか。今一度誓《ちか》う。

「……きゃあっ！」

気合を入れたその時、どこからか女性の悲鳴が聞こえてきた。

「えっ、何？」

「あちらの方から聞こえましたね」

瞬時《しゅんじ》に方向を聞き分けたリュカは、庭園の先にある森を示した。

この学園には、妖精が住み着きやすいようにと、敷地《しきち》内に広大な森がある。ただし、森には普段《ふだん》人と関わらない様々な種類の妖精がいるため、授業で必要な時以外は生徒は入ってはいけない決まりとなっている。

リュカが示したのは庭園の隅、その森の入り口ともいえるギリギリの場所だった。

「どうしたのかしら。今のは妖精ではなく、人間の声だったわよね」

「はい。そのように聞こえました」

周りには自分たちしかおらず、先程の悲鳴を聞いた者は他にいないようだった。教師を呼ぼうか迷ったが、その場所はもう目と鼻の先なので、ひとまず様子を見ようと歩き出す。

「お待ちください。私が見てきます」

「大丈夫よ。急いだ方が良さそうだもの」

言うが早いか、止めようとするリュカの腕をすり抜《ぬ》ける。彼が慌《あわ》てて追ってくる気配を感じながら、緑の木々が立ち並ぶ森の入り口に近づいた。

声の主はすぐに見つかった。

「きゃあっ！　ご、ごめんなさい、ごめんなさい！」

「サラさん⁉」

なぜか、サラが地面に蹲《うずくま》っていた。両腕で頭を抱え、必死に誰《だれ》かに向かって謝っている。

そんな彼女の頭上から、いくつもの木の実が降ってきた。

「ちょっと、何が――……あっ、こら！　あなたたち、何をしているの！」

見上げた先にいたのは、木の枝の上に陣取り、実を投げつけてきている小妖精たちだった。ロザリアにいまだまとわりついている妖精たちとは、また別の花の精だ。

皆怒った表情で、木の実や石ころが山盛りになった籠《かご》を持ち上げている。

「そんなものを投げたら危ないじゃないの。落ち着いて話をしましょう」

ロザリアは宥《なだ》めようと声をかけるが、小妖精たちは気が収まらないらしく、第二弾《だん》を投げようと構え出す。

「……そう。こちらの話を聞かないつもりなら、私もあなたたちにナナカマドの枝を投げるわよ」

小妖精たちはロザリアの声にビクッと反応し、構えていた手を引っ込めた。

ナナカマドは妖精が苦手な木なのだ。もしもの時のために持ち歩いていて良かった。

小妖精たちがとりあえず手を止めてくれたことに安堵《あんど》し、サラに向き直る。

「サラさん、大丈夫？　怪我《けが》は？」

「フェルダント様……」

サラは瞳を潤《うる》ませ、ロザリアを見上げた。怖かったのだろう、身体が震《ふる》えている。

(なんて庇護《ひご》欲をかき立てられる顔！　さすがヒロイン、可愛い！　――じゃなくて)

「大変、怪我をしているじゃない」

転んで擦《す》りむいてしまったらしく、サラの膝《ひざ》には血が滲《にじ》んでいた。ハンカチを取り出して手当てをしようと屈《かが》むと、リュカが「私がやります」とその手を制する。

「も、申し訳ありません、ご面倒をおかけして……」

「気にしなくていいわ。それより何があったの？」

ロザリアの身分のことは、もちろんすでにサラも知っているだろう。こんなふうに会話をしてもいいものか、という躊躇《ためら》いが一瞬垣間見《かいまみ》えたが、ロザリアが「話してちょうだい」と優しく促《うなが》すと、サラはゴクリと唾《つば》を呑《の》んでから口を開いた。

「……わ、私がいけないんです。オスカー様と一緒に歩いていたのですが、なんというか……間が持たなくて。私なんかに付き合っていただいて、申し訳ないなと」

（あー、彼はツンデレという名の、シャイで口下手な男だから……）

ゲームでも序盤はそうだった。異性である上、平民という身分違いのヒロインに対し、距離感を摑《つか》みかねて上手《うま》く会話をすることが出来ない、という場面が何度もあったものだ。

「そのうちに、なんだか楽しそうな声が聞こえてきたんです。私、その声が気になって追いかけてしまって……。そうしたら、オスカー様とも逸《はぐ》れてしまって」

（どうりでオスカーがどこにもいないわけね）

周りの様子を見て息を吐《は》く。ペア相手を放って何をしてるんだ、と怒りたくなる気持ちを抑え、そういえばサラは妙《みょう》に好奇心旺盛《おうせい》なところがあるんだった、とも思い出す。

加えて、平民ながらも妖精を見ることが出来る能力があり、この学園に編入してきたほどの逸材《いつざい》だ。微《かす》かな妖精の声も聞き取れるほど、妖精の気配に敏感《びんかん》なのだろう。

（声が聞こえてきた？　一体どういう状況《じょうきょう》で——……）

周囲を見回したロザリアは、ある光景を目にして、ここで起きた顚末《てんまつ》に合点《がてん》がいった。

「なるほど。あなた、妖精たちの宴会《えんかい》を覗き見てしまったのね」

「……え？」

首を傾《かし》げるサラに背を向け、まだ木の上で様子を窺っている小妖精たちに声をかける。

「皆さん、宴会の邪魔をしてごめんなさい。彼女に悪気はなかったのよ。それから私も、理由も聞かずに怒ったりしてごめんなさい」

小妖精たちはサワサワと葉の擦れる音のような囁きを交《か》わした後、ロザリアたちにペコリと頭を下げて飛んでいった。許してくれたということだろう。

「妖精はね、プライバシーを侵害《しんがい》されるのを嫌《きら》うのよ」

ロザリアの視線の先、切り株の上には、ミニチュアサイズの杯《さかずき》や果物の欠片《かけら》が転がっていた。妖精たちが宴会をしていた証《あかし》だ。

「顔見知りならあまり問題にはならないけれど、そうでないなら大抵《たいてい》は怒るものよ。今回は木の実を投げられるだけで済んだけれど、タチが悪い妖精だともっとえげつない仕返しをしてきたりするから、気をつけなさい」

「そうだったのですか……。すみません、私、知らなくて」

サラがしゅんと萎《しお》れるのを見て、しまったと後悔《こうかい》する。

(げっ、やばい！　これ説教してる感じになっちゃってる⁉　虐《いじ》めてるように見える⁉)

「ま、待って、怒ってるんじゃないのよ。今後のためのアドバイスというか——……ねぇ、リュカ⁉　私、怒ってないわよね⁉」

黙ってロザリアの話を聞いていたリュカに、助《たす》け舟《ぶね》を求めるようにパスを投げる。

急に振られたリュカが、戸惑《とまど》いつつも口を開こうとしたその時。

(ああっ！　今更来たわね!!)

慌てたようにオスカーが駆けてくるのが見えた。

「ベネット嬢、良かった無事で……。──なぜお前がここに？」

サラの姿に安堵の表情を見せたオスカーは、彼女が涙《なみだ》を滲ませていることに気付き、それからその前に立つロザリアとリュカを疑わしそうに見た。

ロザリアが泣かせたと思っているに違いなかった。

(勘違《かんちが》いされてるのは癪《しゃく》だけど、今はそれよりも……)

「『良かった』じゃないわよ、オスカー」

怒《いか》りを抑えつつ咎《とが》めるように言うと、オスカーは不満そうに眉《まゆ》をピクリと動かした。

「なんだ、いきなり」

「サラさんは妖精に攻撃されていたの。あなたが放っていたからよ」

「攻撃？　妖精から？」

「そうよ。でも、妖精の基本的な知識を理解していれば防げたことだわ」

ロザリアは、オスカーの顔色を窺いながら慎重《しんちょう》に言葉を選んでいく。

「妖精と共存するこの国の未来の王として、サラさんのような人に妖精の知識を広めていくのは、あなたの責務でもあるでしょう？」

「……」

オスカーは眉間《みけん》に皺《しわ》を刻みながらも、口を引き結んで聞いている。

「あなたなら、自分の立場を受け止めてそれを成すことが出来るはず。だからサラさんを導いていくことは、あなたにとっても必要なことだと思うのよ」

オスカールートの特徴《とくちょう》の一つに、大事に甘やかされて育てられたせいで、いまいち王太子としての責任感が欠けていた彼が、ヒロインと接していくうちに自分を見つめ直して成長していく、という過程がある。それを待っている余裕《よゆう》はないので、早めに焚《た》きつけておきたい。その一心でロザリアは訴《うった》えた。

「…………」

オスカーはすっかり黙り込んでしまった。ロザリアに急に正論を言われて腹を立てたのかもしれない。それでも、真面目に受け取ってくれているようには感じた。

彼はやがて、気まずそうにロザリアから目を逸らし、サラへと顔を向けた。

「……ベネット嬢、先程は失礼した。今後は気をつけるから、庭園へ戻ろう」

「え、は、はいっ」

サラは慌てて立ち上がり、オスカーの後をついていった。去り際に、ペコリとロザリアたちに頭を下げて。

(ちょっと言いすぎたかもしれないけど、オスカーのためだもの。致《いた》し方なし！)

そう自分にフォローを入れた後、あれ、と既視感《きしかん》に気付く。

（怒った妖精がサラを攻撃する……、そこに後からオスカーが来て助けてくれる……って、まさに今、ゲームでのイベントが起こっていたのでは⁉）

ロザリアが妖精を怒らせるように仕向けたわけではないし、それまでの経緯《けいい》は異なるが、起こった出来事だけ挙げてみるとゲーム通りの光景であった。大きな違いとして、サラを助けたのがオスカーではなくロザリアだった、という点があるのだが。

（しまった、せっかくのオスカーの見せ場を取ってしまった！）

やってしまった、と反省していると、リュカの戸惑うような声が聞こえてきた。

「……珍《めずら》しいですね。ロザリア様が、あのように仰《おっしゃ》るなんて」

「え？」

「オスカー様とは普段から、会話をなさること自体あまりなかったように思いましたので」

仲が悪いからだ。授業や夜会で組む時は一緒に行動したりもするが、それ以外で接触《せっしょく》をすることはなかった。学園で顔を合わせても、話しかけることも話しかけられることもまずない。

今までのロザリアなら、先程のようにサラに話しかけることもなかっただろうが、あんなふうにオスカーを窘《たしな》めるような発言もしなかったはず。リュカが疑問に思うのも当然だ。

「……言ったでしょう。私は変わりたいのだと。だから、自分の駄目《だめ》なところは直していくつもりだし、他人に対しても思うことがあるのなら、自分の意見を正しく言えるようにしていこうと思ったのよ。それが近くにいる人ならば、尚更《なおさら》」

真剣《しんけん》に言うと、リュカが複雑そうな顔をした。なぜか、どことなく寂《さび》しげに見える。

「……リュカ？」

どうしたの、と問おうとしたが。

「……そうですね。貴女にとってオスカー様は、この先もずっと傍《そば》におられる方ですから」

（…………ん？）

何か、嫌な予感がした。

「オスカー様のためを思って意見をお伝えするというのは、良いことだと思います。あの方は貴女のご婚約者なのですから、真剣に向き合おうとお考えになるのも当然――……」

「ちょ、ちょっと待って！」

眉尻《まゆじり》を下げて話し続けるリュカに、ストップをかける。

「私、オスカーと真剣に向き合おうとか、そういうことを考えているんじゃないわよ⁉」

「……え？」

「さっきのは、ちょっと気になったから言っただけであって、オスカー相手じゃなくても言いたいことはハッキリ言うつもりよ。彼を特別扱《とくべつあつか》いしているわけではないの、決して」

「ですが、特別なお方であることは間違いないでしょう。ご婚約者なのですから」

「いや、確かに現状の立場的にはそうであるのだけれど、本意ではなく……」

モゴモゴと尻《しり》すぼみになってしまうロザリアの言葉に、リュカが食いついた。

「本意ではなく？」

（うっ、ミスった）

しかし、ここはどう取《と》り繕《つくろ》っても駄目な気がした。むしろ言ってしまった方がスッキリすると思い、ロザリアは深く息を吸ってからリュカを真《ま》っ直《す》ぐ見据《みす》えた。

「……あなたにだけは言っておくわ。――私、オスカーとの婚約を解消したいの」

「…………え」

「騒ぎ立てられると厄介《やっかい》だから、ここだけの話にしておいてちょうだいね。穏便《おんびん》に、それはそれはもう穏便に、この話を白紙に持っていきたいのよ」

声を落として至極《しごく》真剣に話すロザリアに対し、リュカは唖然《あぜん》とした表情だ。

「目立つことなく、綺麗にフェードアウトしていきたいの。自然な流れで。……って、リュカ、聞いているの？」

「は、はい」

ロザリアの責めるような視線に、リュカはすかさず姿勢を正した。

「だからね、私はオスカーと向き合うためじゃなくて、彼の背中を押すためにさっきあのように言ったのよ。それで王太子として立派な男性になってもらって、こんな決められた政略結婚《けっこん》なんかじゃなく、彼が添《そ》い遂《と》げたいと思う人と一緒になってくれたらなって」

「……本当に、本心からそう思ってらっしゃるのですか？」

「ええ。私も彼も、お互《たが》いになんとも思っていないことは知っているでしょう？」

「それは……はい」

あくまでも二人は政略結婚として婚約関係にあるのだ。ゲームの中でもお互いが恋愛《れんあい》感情を抱《いだ》いているような描写《びょうしゃ》は一切《いっさい》なかったし、ロザリアとして覚醒《かくせい》した自分もそのことはよくわかっている。

ただ、王太子の結婚相手に一番相応《ふさわ》しい家柄《いえがら》の令嬢が、ロザリアだっただけ。とにかくこの二人は、お互いに無関心なのだ。

「オスカー様へのお気持ちを変えられたのかと思いました。……好きになられたのかと」

ポツリと聞こえた内容に、まさか、と笑う。

「そんなわけないじゃない」

しかし、リュカの表情はまだ晴れない。

「ご婚約を白紙にしたい理由は、他に気になる方が出来たということなのでしょうか」

「それもあるはずがないわ。恋《こい》も結婚も、全く興味がないもの」

（私の今世での目標は、あなたの命を救うことなので!!）

キッパリと言うと、ようやくリュカの表情が明るくなってきた。

「私はね、あなたさえいてくれればそれだけでいいのよ」

心からの言葉に、リュカがふわりと微笑んだ。

「……そう、ですか。安心いたしました」

(んんんっ、可愛い!!)

つい飛び出しそうな歓声《かんせい》を、わざとらしい咳払《せきばら》いで誤魔化《ごまか》す。

「そ、それでね、オスカーにはあのサラさんなんて良いのではないかしらと思うの。タイプはちょっと違うけれど、だからこそ馬が合うってこともあるかもしれないじゃない?」

というのは前世でゲームをプレイしたからこそ言える評価なのだが、こうなったらあの二人をくっつけるためにリュカにも協力してもらおう、と無理矢理話を持っていく。

「……そうですね、私は彼女のことをまだよく知らないので、なんとも言えませんが……」

急に平民の編入生の名を挙げたからか、リュカは戸惑う様子を見せた。けれど、シナリオ通りに進めば上手く収まることをロザリアは知っているので、ゴリ押ししていく。

「オスカーみたいにツンツンして素直《すなお》になれないタイプにとっては、サラさんのように純粋無垢《むく》な印象の女性の方が、一緒にいて居心地《いごこち》が良いと思うのよね」

「……なるほど。言われてみれば、そんな気もしますね」

「でしょう？　だから、あの二人が上手くいくように協力してちょうだい。そうすれば、私は事を荒立《あらだ》てずにオスカーの婚約者という立場から退けるのだもの」

その言葉に、リュカは真剣な顔になり、力強く頷《うなず》いた。

「はい、仰《おお》せのままに」

（よっしゃ！）

強力な仲間を得たと喜んでいたロザリアは、リュカがその時どんな決意をしていたのかなど、わかるはずもなかった。

「では、お休みなさいませ」

ロザリアの寝室《しんしつ》の扉《とびら》を閉め、リュカは自室へと足を向けた。

静寂《せいじゃく》が広がる公爵邸《こうしゃくてい》の中を進みながら、昼間ロザリアが言っていたことを思い返す。

『私はね、あなたさえいてくれればそれだけでいいのよ』

反芻《はんすう》するたび、胸が熱くなる。ロザリアは覚えていないかもしれないが、昔、同じことを言われたことがある。彼女が十二歳になり、オスカーとの婚約話が持ち上がった時のことだ。

いつかオスカーと結婚してしまう日が来ても、唯一無二《ゆいいつむに》の存在としてロザリアの一番近くにいられる――その言葉でそう思えたから、自分を律し受け入れてきた。

なのに、突然あんなことを言い出すとは。

「婚約を解消したい……か」

あの二人が互いに無関心であることも、政略結婚なのだからと受け入れていることももちろん知っていた。それなのに、どうしてここに来て。

(変わりたいと、ロザリア様は仰った)

なぜ急にそのような心境の変化があったのかわからないが、この話を白紙に出来るのなら願ってもない。それにこれは、ロザリア自身が望んでいることなのだ。ならば、喜んでその望みを叶《かな》える助力をしたい。

(……しかし、王太子と平民の少女が上手くいくとは思えないが)

身分差がありすぎる。それは簡単に超《こ》えられるものではないと、ロザリアの従者としてずっと過ごしてきた自分が一番よくわかっている。けれど、サラ・ベネットの存在が婚約解消のための一助となるのなら、ロザリアの思うままに行動しようと思う。

この変化は喜ばしい。だが同時に、懸念事項《けねんじこう》も増えたのだった。

(以前と雰囲気《ふんいき》が変わったロザリア様に、興味を持つ者が出てくるのではないだろうか)

ロザリアは元来、言葉も態度も素直すぎるところがあるが、近頃は他者に好印象を抱かせそうな素直さが前面に出すぎているのだ。意識する男が現れる危険性は、大いにある。

しかし彼女は、恋も結婚も興味がないと言い切った。それなら自分の取るべき行動は。

(ロザリア様に近づこうとする不埒《ふらち》な輩《やから》は、排除《はいじょ》していかなくては)

それは、自分さえいてくれればいいと言ってくれた、ロザリアの望みでもあるだろうから。


リュカに婚約解消の意思表明をしてから数日後。ロザリアは、校舎内の階段で女生徒たちに囲まれているルイスを発見した。

「お兄様、大変そうね」

「ルイス様は、学園中の女生徒にたいへん人気でいらっしゃいますから」

「……リャナン・シーの血って、厄介よね」

ルイスがあんなふうに全方位を女生徒から固められているのは、その血が原因なのだ。

公爵家の跡継《あとつ》ぎで生徒会長、文武両道……と十分スペックが高い上、容姿も抜群《ばつぐん》に良い。

美形なのはリャナン・シーの血縁《けつえん》ゆえなのだが、かの妖精は美貌《びぼう》で人を誘惑《ゆうわく》する力を持っていたため、子孫であるフェルダント家の人間にも、微弱《びじゃく》ながらその力が備わっているらしいのだ。

(ロザリアは性格が悪すぎるせいで、その力も効かないくらい遠巻きにされて、誰も寄ってこないいんだけどね)

せっかくの美人なのにつくづくもったいないキャラである。

(まぁルイスとは元々仲が良いわけじゃないし、ここで私が助けに入る必要もない、か)

だが、女たちのキャッキャする声に段々と顔が青褪《あおざ》めていくルイスが目に入り、思わず足を止めてしまう。

(……あれじゃ女嫌《おんなぎら》いにもなるわ)

ルイスが女嫌いになったのは、この魔性《ましょう》の美貌に惹きつけられる女が後を絶たず、どこに行っても女たちに囲まれてしまう幼少期を過ごしたせいなのだ。本人は意図して誘惑しているわけではないので、余計に嫌な気持ちになるのだろう。

彼を助けたところでリュカ救済へのメリットが特にあるわけでもないので、このまま関わらなくても良い――そう思ったのに、どうしても見て見ぬ振りが出来なくなったロザリアは、方向転換《てんかん》して階段の方に歩き出した。

(だってやっぱり実の兄だし。それに、最近は登校する時に挨拶《あいさつ》しても、睨《にら》んでこなくなったんだもの。それどころか、親しげに話しかけてくれることも増えたものね)

ロザリアの性格が一変したことで、彼の態度もだいぶ軟化《なんか》したのだ。仲良しとは言わないが、以前のようにギスギスした兄妹関係《きょうだい》ではないことを、嬉しく感じているのも事実だった。

「ルイスお兄様、お話があるのですが」

階段下からわざと声を張り上げると、ルイスと周りの女生徒たちがハッと振り返った。

「皆様方《みなさまがた》、急ぎなのでよろしいかしら。お兄様にご用があるなら、私が後で順番にお伝えしておきますわよ」

あえてニッコリ笑って言うと、女生徒たちはピシッと姿勢を正し、頭を下げて逃《に》げるように去っていった。やるなロザリア、今まで培《つちか》ってきた悪評は伊達《だて》じゃない。

残されたルイスは、気が抜けたように一息吐《ひといきつ》き、ロザリアを見た。

「……すまない、助かった」

「お兄様、ああいう人たちは多少乱暴にでも振り払《はら》わないといけないわ。中途半端《ちゅうとはんぱ》な優しさは彼女たちをつけ上がらせるだけよ」

それでもせっかく下火になり始めた悪評を再び炎上《えんじょう》させたくはない。助けるのはこれ一回きりにしたいという気持ちを込め、少々強めに忠告しておく。

するとルイスはパチパチと目を瞬き、可笑《おか》しそうに噴《ふ》き出《だ》した。

「お前にそんなことを言われる日が来るとはな」

「これでもお兄様の妹ですから。心配しているのよ」

「わかった、肝《きも》に銘《めい》じておく」

穏やかな顔は、ロザリアになってからは初めて見るものだった。

(わ、やっぱり良い笑顔！　スチルでも破壊力あったもんなぁ〜！)

「そういえばお前は甘いものが好きだったな。助けてもらった礼に、今度何か用意しよう」

「えっ、本当に⁉」

ルイスがロザリアに何かをくれるなんて、初めてではないだろうか。思わず目を輝かせてしまうと、リュカが後ろから会話に割って入ってきた。

「ルイス様、もうすぐ生徒会の役員会議のお時間では？」

「……ん？　ああ、そうだった。そろそろ行かないといけないな」

「では、私たちもこれで失礼します」

そう言って、ロザリアを振り向かせ、階段に背を向ける。

「え、あの、リュカ」

「行きましょう、ロザリア様」

妙にわざとらしい笑顔を張りつかせたリュカに、背中を押されて歩き出す。違和感《いわかん》を覚えたが、別にルイスと話し込むつもりもなかったので彼に従う。

「……珍しいですね。今まではああいった現場を見ても、通り過ぎてらしたのに」

ボソリと呟いたリュカに、そうよね、と過去の反省も含め苦笑《くしょう》する。

「やっぱり見ていて良い気分じゃなかったから、つい。とても困っていたようだし」

一拍《いっぱく》の間の後、リュカは「そうですか」と低い声で返した。

「それにしてもあなた、お兄様の予定まで把握《はあく》しているなんてすごいわね」

「ご家族とはいえ、急に過保護になられたりしても少々面倒ですから」

「え？」

ちゃんと聞き取れなかったので聞き返そうとしたが、校舎の外に踏み出したと同時にロザリアを呼ぶ声が聞こえ、それは叶わなかった。

「よっ、ロザリア。相変わらずすずげえなぁ」

「……ミゲル」

ミゲル・モーガン。陽気なムードメーカー的存在で、攻略対象の一人。ゲームでも唯一ロザリアに友好的だったキャラクターだ。

「すごいって、何が？」

「それだよ、それ」

赤茶色の癖っ毛に少年のように輝かせた琥珀《こはく》色の瞳。人懐《ひとなつ》こい笑顔で見つめられると、不本意だが可愛いと思ってしまう――と、油断している隙《すき》に、髪を一房《ひとふさ》掬《すく》い取られた。

「ちょっ……」

「今日もまたたくさん連れてるなぁと思ってさ。どうやってこんなに手懐《てなず》けたんだ？」

奪《うば》われた髪の毛には、いつもの如《ごと》く小妖精がくっついている。本日は薔薇の精だ。

「ああそうか、あんたの髪ってフワフワで触《さわ》り心地《ごこち》良いんだな。妖精たちの気持ちもわかるわ」

「ミゲル、放してちょうだい」

髪を取り返すと同時に、悪びれもなく笑うミゲルの前に、リュカがズイッと進み出た。

「ミゲル様、お控《ひか》えくださいますよう。少々馴《な》れ馴れしすぎるかと」

妙に親しげな態度が気に入らなかったのか、リュカの目は笑っていなかった。

「いちいち目くじら立てるなよ、従者殿《どの》。俺たち友達なんだからさ」

「ただのクラスメートです。軽々しくロザリア様の御髪《おぐし》に触《ふ》れないでいただきたい」

「ったく、固いなーあんたは」

はいはい、とミゲルは笑う。ロザリアはそんな彼を見て、溜《た》め息《いき》を吐いた。

(友好的だったとは言っても、ゲームではここまで親しくなかったはずなんだけどなぁ)

むしろ、ミゲルがこんなふうに接していく相手はサラであるはずなのだ。

貴族だらけの学園に突如《とつじょ》現れた平民の少女に、ミゲルは関心を示す。興味本位で近づいたはずが、純朴《じゅんぼく》なサラに徐々《じょじょ》に惹かれていくという流れだ。

それなのに、なぜかミゲルはサラにではなく、ロザリアに興味を持っているようなのだ。

ゲームのロザリアのように、他者を寄せつけようとしないオーラは絶対に出さないようにしているため、それがミゲルにも変化を起こしてしまっているのだろうか。

そんなことを考えつつ二人から距離を取っていると、髪にくっついていた妖精たちが声を揃《そろ》えて騒ぎ出した。

「ねえロザリア、お腹空《なか》いたわ！　お菓子をくださいな」

「いいわよ、いつものビスケットで良ければ」

きゃあっと喜ぶ妖精たちにビスケットを配りながら、まだ目の前でロザリア攻防戦を繰《く》り広《ひろ》げているリュカとミゲルを見つめる。

その時、ミゲルがふとロザリアの方を見た。

「お、美味《うま》そうなの食べてるじゃん。俺にもちょーだい」

「えっ？」

急に目の前に顔を寄せてきたミゲルは、あーん、と口を開いていた。

「……どういうおつもりかしら」

「俺も欲《ほ》しいから食べさせて」

（はあ⁉　何言ってんのこいつは――‼）

恥《は》ずかしげもなく言ってのけるミゲルに、ロザリアの方が羞恥《しゅうち》で震えてしまう。どう突《つ》っぱねてやろうかと考えていると、リュカが俊敏《しゅんびん》な動きでミゲルの口に何かを突っ込んだ。

「むぐっ⁉」

「お望みのビスケットです。どれも私が焼いたものなので、同じ味ですよ」

懐《ふところ》から出した包みの中身を見せ、リュカがニッコリと笑う。

「あ、あんたな……！　だからってそんな勢いよく突っ込むことはないだろ！」

「ロザリア様から直々に食べさせてもらおうなどと厚かましい。これで十分でしょう」

「なんだよ、ご婚約者殿のオスカーならいいのか？」

一瞬、リュカの眉がピクリと動いた。

「……節度の問題であると言っているのです」

「本当に頭が固いよなーあんた。いいじゃん、名家の人間同士、仲良くしたってさ」

ミゲルは子爵《ししゃく》家嫡男《ちゃくなん》だが、隣国《りんごく》グラジアからの留学生だ。妖精を見ることが出来る能力はエルフィーノ国民特有のものとされているが、彼の先祖にエルフィーノ出身で妖精直系の人物がおり、隔世《かくせい》遺伝でその力が芽生えたという設定がある。

グラジアでは稀有《けう》な血を引く家柄のため、国内での地位はかなり高く、有力公爵家の娘《むすめ》のロザリアにも臆《おく》せず話しかけてくるのだ。

（……ただ、友好的すぎてリュカが不満に感じちゃうんだろうなぁ、これは）

ロザリアを敬愛する彼としては、ミゲルの無遠慮《ぶえんりょ》な態度は目を瞑《つぶ》っていられないものなのかもしれない。

「リュカ、いいわよそのくらいで」

「はい、ロザリア様」

けれど、振り向いてロザリアに向けられた笑顔は、百点満点の輝きだった。ものすごく良い顔をしている。

「あーあ、毎度邪魔しやがって……、ん？」

ミゲルが急に押し黙った。と思ったら、みるみるうちに顔が赤くなり始めた。

「な、なんだこれ……うわ――っ⁉」

「え？　どうしたの？」

口元を押さえたミゲルが、真っ赤になって悶《もだ》えている。突然何が起こったのかと近寄ろうとするも、リュカに優しく阻《はば》まれた。

「気がつくまでに意外と時間がかかりましたね。量を調節する必要がありそうです」

「あんた、何か変なもん入れやがったな⁉」

「隠《かく》し味に唐辛子《とうがらし》を」

（ええ――っっ⁉）

さらりと答えたリュカを、ロザリアもミゲルも目を丸くして見つめた。

「てめ……っ、何が同じ味だよ！」

「基本は同じです。ただ、何かあった時のために、特別な味も用意しておいただけのこと」

「これ全然隠れてねぇよ！」

ヒーヒーと息切れしているミゲルを見ていると、さすがに可哀相《かわいそう》になってくる。

「ちょ、ちょっと、リュカ」

「私の大切な主人への無礼の数々、どうか改めてくださいませ」

爽《さわ》やかな笑みと共に頭を下げたリュカを、ミゲルがキッと睨みつけた。

「くだらないことしやがって……うわっ」

辛さに悶絶《もんぜつ》するあまり足元がふらついたミゲルが、ロザリアに向かって倒《たお》れてきた。リュカが咄嗟《とっさ》に守るように立ちはだかってくれたが、代わりに彼がミゲルを受け止めるしかなくなり、そのまま一緒に倒れ込んでしまった。

ばっしゃーん、という音と共に、噴水《ふんすい》の中へ。

「リュカ！」

慌てて噴水の中を覗き込む。水位は低かったものの、頭から突っ込んだので二人ともずぶ濡《ぬ》れだった。

「………………」

憮然《ぶぜん》とした表情で睨み合う二人を前に、あーもう、と腰《こし》に手を当てる。

「あなたたち、子どもみたいな喧嘩《けんか》はもうしないでちょうだい！」

「……はい」

渋々《しぶしぶ》といった様子の二人の返事に、ロザリアは溜め息を吐いてリュカに手を差《さ》し伸《の》べた。


くしゅん、と聞こえ、ロザリアは勢いよく振り返った。

「リュカ、あなたもしかして、風邪《かぜ》をひいたんじゃ……⁉」

「いいえ、ひいていませんよ」

絶対嘘《うそ》だ。昨日ミゲルと噴水に落ちた後、すぐに制服も髪も乾《かわ》かしたが、身体はかなり冷えてしまっていたはずだ。くしゃみどころか、心なしか顔も赤い気がする。

（いかん、推しの危機だ！　推しが病気で苦しむとか無理、絶対に防がないと‼）

緊急《きんきゅう》事態に焦《あせ》るが、表に出さないようになるべく冷静に続ける。

「頭から水を被《かぶ》った状態で医務室まで歩いていたら、風邪をひいてもおかしくないでしょう。念のため、今日はもう早退して帰りなさい」

私の心の安寧《あんねい》のためにも、と想いを込めて伝えるが、リュカは首を縦に振ってくれない。

「そうは参りません。ロザリア様の下校時刻が私の下校時刻ですから」

出たなロザリア病！　と歯噛《はが》みしながら、リュカの前に仁王立《におうだ》ちする。

「そんなことを言って悪化したらどうするの。私には馬車もあるし、あなたは早く帰って休みなさい。長引いたら、私の従者としてのあなたの仕事にも支障が出るでしょう？」

キツい言い方でもしないと言うことを聞いてくれないと思い、あえて厳しく告げる。案の定、仕事のことを指摘《してき》されると言い返せなかったらしく、リュカは黙った。

「……かしこまりました。ですが何かありましたら、必ず呼びつけてくださいね」

「大丈夫よ、後は昼食と午後の授業だけだから。お大事にね」

はい、と弱々しく微笑んだリュカを抱《だ》きしめたくなる気持ちを堪《こら》え、見送る。どうかすぐに良くなりますように、と念を送り、ロザリアは教室へ戻っていった。


下校時刻になり、リュカの具合は大丈夫かしらと考えながらいそいそと帰《かえ》り支度《じたく》をする途中《とちゅう》、ロザリアはあることに気がついた。

（今日出された妖精学の課題……、どうしよう）

ロザリアは勉強が得意ではない。残念すぎるくらい、頭が良くない。

そのため、ゲーム内でも課題は常にリュカにやらせており、成績に関しては公爵家の権力を使ってどうにかさせて、なんとか面目《めんぼく》を保っていた。

そして、前世の自分も決して勉強が出来る部類の人間ではなかった。かと言って、体調が悪くて休んでいるリュカに、この課題をお願いするわけにもいかない。

（というか、そもそもリュカに押しつける考えが駄目じゃないの！）

つい目を逸らしてきてしまっていた自分を恥じ、反省する。

（こんなことではいかんぞ私！　リュカに負担をかけないようにするって決めたんじゃない、これくらいは自分でやらなきゃ！）

そう決意し、図書室へ向かって歩き出す。

（妖精学だし、なんとかなる気がするわ）

この世界や妖精のことに関しては、《おといず》公式設定資料集で穴が開くほど読み尽《つ》くした。そのため、国語や数学のような普通の科目よりも、よほど理解している自信がある。

（情報収集に向けたオタクの熱い情熱と執念《しゅうねん》が、役に立つ時が来たかもしれない……！）

無駄《むだ》に勝《か》ち誇《ほこ》った気分で図書室の扉を開ける。放課後なこともあり、生徒の姿はない。

いくつか役立ちそうな本を借り、さあやるぞ、と気合を入れて教科書を開く。

その時、書棚《しょだな》の陰《かげ》から男性がひょこっと顔を出した。

「おや、珍しいお客さんだ」

（げっ、イヴァン！）

面倒なのに見つかった、という気持ちを前面に出さないように、淑《しと》やかに微笑む。

「……ウォーリア先生。どうしてここに？」

「僕は資料を探しに来ただけだよ。君は？　従者君がいないようだけど、一人なのかい？」

「……リュカは体調が悪そうだったので、早退させました」

「……早退させた？　君が、彼を？」

「なんです、その顔は」

イヴァンが信じられないとでも言いたそうな顔をしたので、ムッとして返す。

「……いや、驚くだろう、そりゃ。君が従者君の身を案じた発言なんてするもんだから」

「い、いいでしょう⁉　私だって大事な従者の心配くらいします！」

「大事な……。へぇ」

イヴァンは含みのある笑みを浮かべ、あろうことかロザリアの目の前に座った。

「……どうして前に座るんですか」

「好奇心をくすぐられるものを見つけたから」

大人の余裕を見せる微笑みに、嫌な予感がしてくる。イヴァンという男は、女性が大好きなのと同じくらい、人を揶揄《からか》うことが好きなのだ。

「それ全部、妖精学の本だろう？　まさかとは思うけど自主勉強かい？」

（くっ……、ロザリアが勉強している姿を面白がってやがるわね……！）

ニヤニヤしているので間違いない。そりゃあ、揶揄いたくもなる光景だろうけども。

「どういう風の吹き回しなのかな？　君は昔から勉強嫌いだし、面倒な課題はいつも従者君に押しつけていただろう。成績も裏で圧力をかけてなんとでも出来るし」

ロザリアの所業を全部わかっているのだ、この男は。わかっていてあえて口にしている。

「……そういうことをしないために、今ここにいるんです」

「なるほど、本当に変わったようだね」

立ち上がったイヴァンが、覗き込むように顔を近づけてきた。咄嗟に身体を後ろに引く。

「妖精たちに急に好かれ始めたから、何があったのかと思っていたんだが。こういうことか」

「何が言いたいんですかっ」

「いや、興味深いなぁと思って。あのロザリアが、こんなふうになるなんてね」

親しげに名を呼んだイヴァンは、実はロザリアの昔馴染《むかしなじ》みでもある。彼の家は侯爵《こうしゃく》家で、勉学に秀《ひい》でた優秀《ゆうしゅう》な人材がたくさんおり、イヴァンもその一人だった。家同士の付き合いもあったことから、幼い頃ロザリアの家庭教師を務めてくれていた過去があるのだ。

「君は昔から、自分の思い通りにいかないことが許せなくて、妖精も勉強も嫌いだったろう。なのに今では妖精と親しくしていて、自ら勉強もしようとしている。驚きだよ」

「まあ、その……昔はご迷惑《めいわく》をおかけしたこともあったと思いますが……」

ゴニョゴニョと謝ると、イヴァンはクスリと笑った。

「君が他人に謝るなんて、槍《やり》でも降ってくるんじゃないかな」

「ちょっと、失礼すぎますわよ、先生」

「嫌だなぁ、そんな他人行儀《たにんぎょうぎ》な話し方。ロザリアじゃないみたいだよ」

カチンときたので、わざとつっけんどんに返してやる。

「これが今の私なのよ。放っておいてちょうだい、イヴァン」

プイ、と顔を背けたが、イヴァンは余計に面白くなったらしく、笑みを深めた。

「まあ心境の変化は良いことだよね。婚約者殿との仲も、良好になってきたようだし」

「……は？」

話の流れが見えなくて、気の抜けた声が出てしまう。

「だって君たち、以前に比べてギスギスした雰囲気がないじゃないか。校舎内で話をしている姿なんて今まで見なかったのに、近頃は仲良くしているんだなぁと思って」

確かに最近のオスカーは、すれ違った時に軽く声をかけてくるようになった。だが別に親しくしているわけでもなく、挨拶をする程度なので、特に気にしていなかったのだが。

(まさか周りからは、私たちの仲が良いように見えてるの……!?)

大問題だ。そんなつもりは毛頭ないのに。

「な、仲良くってほどでは、全然ないと思うのだけれど」

「そうかなぁ。これまでの君たちと比べたら、遙《はる》かに仲が良いと思うけど」

動揺《どうよう》を抑えながら否定してみるが、スッパリ斬《き》られた。なんてこった。

（そんなふうに見られてたことにも、気付かなかった自分にもショックなんですけど……！）

「どうしてそこで落ち込むのかな」

「……あなたには関係のないことよ」

「ま、乙女《おとめ》心は複雑だと言うから、突っ込むつもりはないけど。しょんぼり顔の君はレアだな」

また面白がるような声音《こわね》に戻ったイヴァンを、キッと睨む。

「揶揄って遊ぶつもりなら、出て行ってちょうだいっ」

「揶揄うなんてとんでもない。君の心の成長を讃《たた》えているだけなのに」

言いながら、イヴァンはまた顔を近づけてきた。

「ちょっと、なんなの」

「その成長をお祝いする意味も兼《か》ねて、僕が特別講義をしてあげようか」

「なっ……」

（何言ってんの⁉　特別講義ってそれ、あなたがサラに言う台詞《せりふ》じゃ……、えっ⁉）

聞き覚えのある台詞に、記憶《きおく》が蘇《よみがえ》った。

(これってもしや、イヴァンとの図書室イベント——⁉)

授業に追いつこうと図書室通いを始めたサラに、まさに今の状態でイヴァンが迫《せま》るイベントがあった。それをなぜだか、ロザリアである自分が体験している。

(と、とりあえず全力で回避——っ‼)

「け、結構よ。自分の力でどうにかするので、放っておいてちょうだい」

「元々基礎《きそ》知識が全然頭に入ってないだろう？　一人じゃ大変だと思うよ」

「あなた本当に失礼ね！　いいって言っているでしょう、謹《つつし》んでご遠慮します」

「そうやって怒るところは変わらないなあ」

不敵に笑い、ロザリアの髪に手を伸ばす。ゾクリと背筋が震えた。

(この……っ、女たらし——っっ‼)

頭突《ずつ》きでも食らわしてやろうかと身構えた瞬間《しゅんかん》、強い力で身体を後ろに引っ張られた。

「……何をしているんですか、先生」

「リュ、リュカ⁉」

自分の腕を掴んでいる従者の姿に、驚愕《きょうがく》した。屋敷《やしき》にいるはずの彼が、どうしてここに。

「先生、いち、いち生徒との距離が近すぎるのではありませんか」

睨みつけるリュカを見て、イヴァンが降参するように両手を挙げた。

「残念、ナイトのお出ましか。冗談《じょうだん》だよ、冗談」

（冗談にしては悪趣味《あくしゅみ》すぎるんですけど……っ）

「そんなに睨まなくても、僕はもう退散するよ。じゃあね、ロザリア。また授業で」

そう言ってイヴァンは去っていった。

沈黙《ちんもく》が広がり、駆けつけてくれたらしいリュカの、まだ整わない息だけが聞こえる。

腕を掴んだままのリュカの手に力が込められた気がして、そっと顔を見上げる。

目が合うと、リュカは慌てたように手を離した。

「っ、すみません」

「いえ、いいのよ。そんなことより……ありがとう、リュカ」

とんでもない、とリュカは首を振る。

「申し訳ありませんでした。私がお傍を離れていたばかりに」

その言葉に、そういえばリュカは早退していたはずでは、と思い出す。

「そ、そうよあなた帰ってたんじゃ⁉　どうしてここにいるのよ！　体調は⁉」

「屋敷に戻ってすぐ、使用人一同に協力を要請《ようせい》し、即効《そっこう》性のある薬湯を煎《せん》じてもらい服用しました。おかげでもうすっかり回復し、この通りです」

（いやいやそんなわけないでしょ⁉　そんな魔法《まほう》みたいな薬があってたまるか！）

しかしリュカの顔色は、確かに良くなっていた。笑顔もいつも通りの輝きで、具合が悪そうには見えない。

「そんなことよりも、貴女を一人で残してしまったことの方が気がかりで。なのに、いつもの帰宅時間になってもお帰りにならなかったので、もう心配で心配で……。待っていられず学園に戻ることにしたのですが、まさかこんなことになっていようとは」

悔《くや》しそうに眉を寄せたリュカに、罪悪感が込み上げてくる。

「今日出された課題をやっていこうと思ったのよ。だから遅くなってしまって」

「課題？　お一人でですか？」

「だって、課題もいつもあなたに頼《たよ》っているじゃない。あなたに負担をかけてばかりで、そんなの良くないなって……」

尻すぼみになってしまうロザリアに、リュカが不服そうな顔をする。

「ロザリア様、以前も申し上げましたが、私の存在は貴女のためにあるのです。遠慮せずに私のことを使ってくださいませ」

「使うだなんて言い方をしないで。あなたは道具じゃないのよ」

リュカが大きく瞬きをした。以前のロザリアはリュカを道具のように扱っていたから、こんなことを言われ慣れていないのだろう。でも、慣れてもらわなくてはいけない。

（私は、リュカの〝人〟としての尊厳も守りたいのよ）

「……そう仰ってくださるのは嬉しいのですが、やはり私のいない場所でなんて危険すぎます」

「危険ってそんな、大袈裟な」

「私が来るのがもう少し遅かったら、ウォーリア先生と二人きりだったということですよ」

強めの口調に、言葉が返せなくなる。

「万が一にも何かあったら、私は後悔してもし切れません」

「そ、そうよね。独身男性と密室で二人きりなんて、あらぬ疑いをかけられてしまうかもしれないものね。一応王太子の婚約者である身なのに――……」

しかし、王太子と口にした途端《とたん》、先程イヴァンに指摘されたことを思い出してしまった。

「……そういうことではないのですが。――ロザリア様？」

（うう、仲が良くなったと思われてたなんて。今後の身の振り方を考え直さなくちゃ……）

深刻な表情で考え始めてしまったロザリアを、リュカが心配そうに覗き込む。

「ロザリア様、どうされました？　まさか他にも、先生に何かされたのですか？」

「えっ？　あ、違うのよ。……なんでもないわ、気にしないで」

笑顔を作ってみせたけれど、リュカの眉尻は下がったままだ。

そして少し考える素振《そぶ》りを見せた後、リュカはそっと優しく微笑んだ。

「ロザリア様、今夜、貴女の時間を頂戴《ちょうだい》出来ますか？」

「今夜？　いいけれど……、どうしたの？」

「帰ってからのお楽しみです」


——そして、夜。

「……これは一体……」

ロザリアの私室のテーブルにずらりと並べられた、甘いお菓子の数々。ケーキにタルト、プリンにエクレア。ロザリアの好きな甘いお菓子が山盛りだ。こんな遅い時間に、恐ろしい飯テロである。

「こんなにたくさん、どうしたの？」

ゴクリと唾を呑んでリュカを見ると、彼は慈愛《じあい》に満ちた表情をロザリアに向けていた。

「どうぞ、お好きなだけ召《め》し上がってください」

「いいのっ？」

目を輝かせたロザリアに、リュカはニッコリと笑って頷く。

（いつもなら、こんな遅い時間に甘いものを食べるのは良くないと窘められるのに……！）

毎日、朝とお茶の時間にリュカ手製のお菓子をたくさん食べているし、美容に気を遣《つか》うロザリアを思ってのことだとわかっているのだが、今日はイヴァンのせいでちょっと気分が落ち込んでいたので、好物を食べられるのは嬉しい。

ホクホクし出したロザリアに、リュカが切り分けたケーキを差し出す。生クリームがたっぷりのった、フワフワのシフォンケーキだ。リュカ手製のお菓子の中でも、ロザリアが一番に好んでいるものである。

「いただきます」

一口含むと、幸せの味が口内に広がった。

「美味《おい》しい……」

ほっぺたが落ちるとはこのことだろう。頰《ほお》が緩んだロザリアに、リュカはホッとしたような表情を見せた。

次は何をいただこうかな、と改めてお菓子の山に目を向ける。

（よく見たら、私が特に好きなものばかり用意してくれてる！）

「すごいわ、大サービスね」

嬉しさのあまり感嘆《かんたん》の溜め息を漏《も》らすと、リュカも嬉しそうに笑った。

「これを食べて、少しでもお気持ちを晴らすことが出来ればと思いまして」

そこでロザリアはようやく気付いた。

「え？」

（もしかして、イヴァンの件で私が落ち込んでたことを察して、このお菓子を……？）

あの時誤魔化しはしたものの、長年一緒にいるリュカにはバレバレだったのだろう。それで、少しでも元気づけようとこの場を設けてくれたのだろうか。

その優しさと、些細な変化も見逃《みのが》さずに気にかけてくれていることに、胸が熱くなる。

「……あなたにはなんでもお見通しなのね」

ポツリと零した言葉に、リュカがタルトを切り分ける手を止めた。

「当然です。私はロザリア様のことを、いつも一番に考えていますから」

迷いもなく返され、苦笑してしまう。

「そしてとにかく私に甘いわ」

「……貴女のことを、誰よりも何よりも大切に想っていますから」

思いがけず真剣な顔で言われ、ケーキを喉《のど》に詰《つ》まらせそうになった。

慌ててリュカが差し出してくれた紅茶を飲み、流し込む。

「──あ、ありがとう」

なんとか自分を落ち着かせてタルトの皿を受け取る。

（ビ、ビックリした……急に真面目な顔をするんだもの……）

従者としての言葉だとわかっていても、不覚にもドキッとしてしまった。優しい笑顔でめいっぱい甘やかされた直後だから、その表情のギャップに余計驚いたのかもしれない。

その時、部屋の扉がノックされ、リュカの声に応じてメイドが入ってきた。

彼女が運んできたものを目にしたロザリアは、目を丸くした。

「……教科書？」

「はい。例の課題を、一緒にやらせていただこうかと」

「ええっ」

爽やかな笑顔と共に、お菓子の向こうに教科書が積まれていく。

「ロザリア様の主張を聞いてよく考えた結果、こうするのが一番なのではと思いまして」

「いいえ、噛《か》み合ってないわよね⁉　私はあなたに負担をかけたくないから、自分でどうにかすると言ったのに」

「貴女は私に負担をかけたくないと仰いましたが、貴女がお一人で図書室へ行くことの方が、私にとっては重大な精神的負担になるのです」

キッパリと言われ、言い返せなかった。そして、自分を一番に気にかけてくれているリュカに、これ以上心配事を増やすことも躊躇われた。

「……わかったわ。じゃあ……お願いするわね」

渋々頷くと、リュカは満足そうに微笑んだ。

夜も更《ふ》けた頃、リュカは就寝《しゅうしん》前の全ての片づけを終え、ロザリアの寝室を訪《おとず》れていた。

枕元《まくらもと》の台に新しい水差しを置き、寝台をそっと覗き込む。自分にとって何よりも大切な主人は、穏やかな表情で眠《ねむ》っていた。

「……まったく、人の気も知らないで」

起こさないように、声を落として独りごちる。月明かりに照らされた陶器《とうき》の如く滑《なめ》らかな頬を、慈《いつく》しむようにそうっと撫でる。

その優しい手つきとは裏腹に、声音はとてつもなく低い。

「貴女という人は、どこまでも無防備なんですから」

やはり危惧《きぐ》していた事態になってしまった。今までロザリアのことをなんとも思っていなかったはずの男たちが、関心を持ち始めてしまったのだ。

他者への態度が、今までの近寄り難《がた》いものから柔らかくなったのは、良いことなのかもしれない。けれど、日々増していくロザリアの魅力《みりょく》が周囲に知れ渡っていくのは、なんとも惜《お》しい気持ちになる。

「貴女の傍にいて、貴女の良さを知っているのは、私だけだったはずなのに」

つい恨みがましい口調になってしまう。ロザリアが自ら望んで変わっていこうとしているのだと、頭ではわかっているのに。ああも無防備に他の男と接している姿を見てしまうと、どうしても不安になってしまうのだ。

この関係性が、脅《おびや》かされてしまうのではないかと。

「……大概《たいがい》面倒な男ですね、私も」

頬から耳、そして猫《ねこ》の毛のような手触《てざわ》りの深紫色《ふかむらさきいろ》の髪に触れる。

「お許しください。こんな私が、貴女のお傍にいることを。お傍にいたいと――願ってしまうことを」

ちゅ、と髪の先に口づけた従者の姿は、夜空に浮かんだ月だけが見守っていた。

第三章

月夜の妖精舞踏会は新たなフラグを呼び起こす

「あ、あのっ、ロザリア様！」

上擦《うわず》った声に呼びかけられて振《ふ》り向《む》くと、緊張《きんちょう》した様子のサラが立っていた。

「サラさん、どうしたの？」

「こ、この間教えてくださった参考書、とてもわかりやすかったです。妖精《ようせい》学についてはまだまだわからないことだらけですが、これなら授業に追いつけそうです！」

授業で助けてから、サラは頻《しき》りにロザリアに声をかけてくるようになった。最初は身分が違《ちが》いすぎて恐縮《きょうしゅく》していたようだが、『私は全然怖《こわ》くないわよオーラ』を出してロザリアから話しかけていくうちに、すっかり懐《なつ》いてくれたのだ。

今ではリュカお勧《すす》めの参考書を教えてあげたり、妖精についてアドバイスをしてあげるくらいには、言葉を交《か》わすようになっている。

「それは良かったわ。何か困ったことがあったら、いつでも声をかけてちょうだいね」

「はいっ、ありがとうございます……！」

まるで聖女を見るかのように、サラが顔を輝《かがや》かせる。非常に愛らしい笑顔《えがお》だ。

（あーもう本当に可愛《かわい》いな！　これはオスカーも惚《ほ》れるでしょ！　……と思うのに）

ロザリアの期待に反し、オスカーとサラの関係は大して進展していないようなのだった。仲が良くないわけではないし、残り三人の攻略《こうりゃく》対象と比べると、親しい間柄《あいだがら》と呼べる関係には見える。だが、今一歩足りない気がするのだ。

（そんなだから、イヴァンにも見当違いな誤解を持たれてしまったのよね、きっと。これはもう、何か手を打たないと駄目《だめ》だわ）

さてどうしよう、と考えていると、ちょうど当のオスカーがやってきた。

「ロザリア、来月の舞踏《ぶとう》会のことだが」

（舞踏会？　……ああ！　あのイベントね！）

オスカーが学園の生徒を招待し、主催《しゅさい》する舞踏会。ゲームの中でも大事な場面となるイベントだ。その時点で好感度の高いキャラとサラがパートナーとなり、ロマンチックな時間を過ごすのである。

無論、ロザリアはいつもの如《ごと》く邪魔《じゃま》をする。サラの目の前でパートナーを誘《さそ》って奪《うば》おうとするのだが、それを断られて怒《いか》り狂《くる》い、サラへの敵対心を募《つの》らせていくのだ。

（もしかして、サラを誘いたいのだと自己申告《しんこく》するつもりだったりする⁉）

黙《だま》っていればオスカーは婚約《こんやく》者のロザリアと組むことになるが、決して仲が良くないロザリアとよりは、近頃《ちかごろ》親しくし始めているサラと組んだ方がいいに決まっている。そのために、事前に根回しして避《さ》けたいということかもしれない。こちらとしては言うまでもなく大歓迎《だいかんげい》だ。

「もうすぐだったわね。いいのよ、わかっているわ。あなたは好きな方を誘って……」

「もうお前宛《あ》てに招待状は送ってある。当日は俺と一緒《いっしょ》に入場するんだから、遅《おく》れるなよ」

「……え？」

思ってもいなかった台詞《せりふ》に、ついオスカーを凝視《ぎょうし》してしまう。

「……私が、一緒に？　……どうして？」

「何を間抜《まぬ》けな顔をしているんだ。お前は俺の婚約者なんだから、当然だろう」

（…………あれぇ？）

おかしい。予定していた展開ではない。なぜ自分が指名されているのか。

「む、無理しなくていいのよオスカー。婚約者だからと気を遣《つか》わないでちょうだい」

「なんで気を遣ったことになっているんだ。俺がそんな煩《わずら》わしいことをするもんか」

「……えっと」

「用はそれだけだ。じゃあな」

ロザリアが返答に窮《きゅう》しているうちに、オスカーは踵《きびす》を返《かえ》して行ってしまった。

（おおい、ちょっと待て⁉　どうして急に婚約者扱《あつか》いし始めた⁉）

ゲームならとっくにロザリアは蚊帳《かや》の外になっている頃《ころ》なのに、なぜ。

(もしや、サラとの進展が足りないからこうなってしまった⁉)

これは早急《さっきゅう》に手を打たねばと焦《あせ》っていると、リュカの低い呟《つぶや》きが聞こえた。

「……なるほど、そう来ましたか」

彼にそぐわない声音《こわね》だったのが気になり、そろりと顔を盗《ぬす》み見《み》る。どことなく険しい顔つきに見えたのは一瞬《いっしゅん》だった。

「……リュカ？」

「ドレスを新調しなくてはいけませんね」

ロザリアの視線に気付いたリュカは、いつも通りに微笑《ほほえ》んだ。

「仕立て屋はいつ呼びましょうか」

「ええと、そうね。……あ！　良《い》いことを思いついたわ！」


「おい、これはどういうことだ？」

眉《まゆ》を寄せて問うオスカーに、ロザリアはニッコリと笑いかけた。

「舞踏会で着るドレスを仕立てるのに、付き合ってほしいと言ったでしょう？」

「それは、確かにそう聞いたが……」

休日の昼間。ロザリアとリュカ、それからオスカーは、王都でも有名なドレスの老舗《しにせ》店へと足を運んできていた。

貴族専用の特別応接室に案内され、寛《くつろ》いだ様子で腰掛《こしか》けるロザリアとは反対に、オスカーはまだ怪訝《けげん》そうにロザリアを見ている。

「お前がこういう場所に俺を呼びつけるなんて珍《めずら》しいな」

「そんなに疑い深い目で見なくてもいいでしょう。たまにはいいじゃないの」

ふふ、と意味ありげに笑ったところで、店主がそっと耳打ちしてきた。

「ええ、そのまま通してちょうだい」

ロザリアの返事に、頭を下げた店主が部屋を出て行く。なんのことだという顔のオスカーを見て、ロザリアは殊更《ことさら》笑《え》みを深める。

すぐに店主が戻《もど》ってきて、後ろから不安そうな顔の金髪《きんぱつ》の少女が現れた。

「いらっしゃい、サラさん」

「ロザリア様！」

ロザリアを見て一気に表情を明るくしたサラを見て、オスカーが驚《おどろ》く。

「ベネット嬢《じょう》？　どうしてここに」

オスカーの存在に気付いたサラが、慌《あわ》ててペコリと頭を下げる。

「オスカー様、こんにちは。今日はロザリア様にお招きいただきました」

「……ロザリアが？」

オスカーが、何か企《たくら》んでいるのでは、とでも言いたそうな顔をした。

（ええ、ええ、企んではいますけどね！）

という心の声を隠《かく》し、「そうよ」と答える。

「あの、でもロザリア様……、ここ、ドレスの仕立て屋さんでは……？」

「その通りよ」

「ええっ！」

「……ベネット嬢、君は知らずに来たのか？」

「は、はい。先日、外出のお誘いをいただいて、こちらへ来るようにと……」

「だって、目的を知ったら来てくれないだろうと思ったんだもの」

高級ドレスの老舗店なんて、平民のサラを誘ったところで絶対に了承《りょうしょう》はしてくれないとわかっていたので、ロザリアはあえて黙って呼び寄せたのだ。

「ロ、ロザリア様、私に舞踏会に着ていくドレスがないことを気にかけてくださったのは、とても嬉《うれ》しいです。ですが、こんな高級なお店のドレスなんて、私には手が出ません。お気持ちはありがたいのですが、私は舞踏会を欠席させていただいて——……」

「何を言っているの。お金なんて気にしなくていいわ。そんなの私が……」

言いかけた時、オスカーが何かに気付いたようで、割り込んできた。

「いや、ここは俺が支払《しはら》おう。だから、君は気にせず好きなものを選んでくれ」

「ええっ⁉」

オスカーの申し出に、ロザリアは心の中で「よくぞ言ったー!」と拍手《はくしゅ》を送った。

これこそが目的だったのだ。

平民のサラが、舞踏会に着ていくようなドレスなど持っているわけがない。ゲームでも貸衣装《いしょう》で惨《みじ》めな思いをするという描写《びょうしゃ》があった。

その後、攻略対象たちとのあれこれで沈《しず》んだ気持ちは払拭《ふっしょく》されるのだが、最初からちゃんとしたドレスを着ていくことが出来たのなら、どんなに気持ちが楽になったことだろう。

そして、それを近頃親しくしている男性が贈ってくれたとなれば、心を動かさずにはいられないのではないだろうか。

(オスカーもこっちの意図に気付いてくれて良かったわ。まあ、馬鹿《ばか》なわけではないもんね。ちょっとわかりにくいツンデレなだけで、きちんと教育を受けた立派な男性なんだし)

わざわざ店に呼び出して二人を引き合わせ、サラにはドレスを買うお金がないという事実を知ってもらう。自分が主催する舞踏会において、招待客の一人であるサラに負担をかけてしまうことに気付いたオスカーが、責任を感じて準備の手伝いを申し出る――その考えに至ってくれるだろう、と思ったのだ。

そして、ロザリアが狙《ねら》った通りになった。

(しかもこの計画は、これだけじゃ終わらないのよ。いろんなドレスを試着してサラの魅《み》力《りょく》をたっぷりアピールすることが出来る、一石二鳥イベントなんだから!)

《おといず》一の美人キャラはロザリアだが、ヒロインであるサラだって十分美少女なのだ。各ルートのエンディングで様々なタイプのドレスを着ているスチルがあったが、どれもこれもとても可愛らしくて、似合っていたのを覚えている。

「準備は整ったわ。あとはあの子の魅力を最大限に引き出していくわよ」

「はい、微力《びりょく》ながらお手伝いさせていただきます」

リュカの頼《たの》もしい返事に、俄然《がぜん》やる気が湧《わ》いてくる。

最初にこの計画を話した時、「わざわざ休日にオスカー様と一緒に出かけられるのですか?」と不満そうにしていたリュカだが、目的を説明したら快く引き受けてくれた。

オスカーにはサラに恋慕《れんぼ》を抱《いだ》いてもらい、婚約解消に導く――というロザリアの望みを、リュカも応援《おうえん》してくれている。とても心強い。

「さて、始めましょうか」

王太子殿下《でんか》にドレスを買ってもらうなどとんでもない、とサラは慌てていたが、なんとかオスカーが承知させたようだ。

ロザリアは満足げに笑って、店主にドレスを持ってくるよう指示を出した。

「良いわね、これもキープしましょう」

「でも、レースがたくさんあって、目立ってしまいそうじゃないですか？」

「ベネットさん、年頃の女性にはこれくらいがちょうど良いと思いますよ」

「そうよ、一番目立つくらいの気合でいきましょう」

高価なドレスに囲まれて恐縮するサラを、リュカと宥《なだ》めてあれこれと試着させていく。

「わ、私なんかが目立つなんておこがましい！　……目立つと言ったらやはり、ロザリア様ではないでしょうか。きっとどんなドレスもお似合いになるのでしょうね……！」

「当然です。ロザリア様に似合わないドレスなど、この世に存在いたしません」

真顔で言われ、恥《は》ずかしくなる。

「そんなことないわよ。それに私はむしろ、今度の舞踏会では目立たずひっそりとしていたいくらいだもの」

「駄目ですよう、ロザリア様のドレス姿を拝見するのが楽しみなんですから！」

「そうですよ。ロザリア様には誰《だれ》よりも美しく着飾《きかざ》っていただかないと」

「ちょっと、リュカ」

ロザリアを褒《ほ》めるあまり、方向性が変わってきてしまったリュカをひっそりと小突《こづ》く。

リュカはすぐに気付き、新たな布をサラの前に掲《かか》げた。

「ベネットさん、こちらも最近の流行の色合いで、素敵《すてき》ですよ」

「わあ、綺麗《きれい》！」

「まあ、上品な濃紺《のうこん》の生地《きじ》ね。確かにこれも似合いそうだわ」

サラのイメージから、淡《あわ》い系統の色ばかり合わせていたのだが、こういう大人びた色のドレスも似合いそうだ。

（ゲームのスチルでも淡い色合いのドレスしか着てなかったのよね。だからなんとなくそっちの系統で合わせてしまってたんだけど）

身体《からだ》に当てさせてみると、印象がガラリと変わるがこれもアリだなと感じられた。

「素敵ね。オスカーもそう思わない？」

「え？　……ああ」

「すごいわね、リュカ。あなたって本当、美的センスも見事なんだもの」

「ロザリア様の従者として恥ずかしくないよう、そういったものも養うべく心得ておりますから」

「リュカさんの忠誠心は本当に素晴《すば》らしいですねぇ」

感心した様子のサラに、「そうでしょう！」と心中で誇《ほこ》らしげに頷《うなず》く。

「さて、これも良いけれど、さっきの淡いピンクも捨てがたいわね。オスカーはどう思う？」

「オレンジも合いますね。オスカー様のお好みはどちらです？」

「……ああ、どちらも良いと思うが」

リュカと代わる代わる勧めてもいまいちな反応しかしないオスカーに、ロザリアは眉を吊《つ》り上げる。

「ちょっと、真面目に考えて。サラさんの大事な一着を決めようとしているんだから」

「お前たちがかしましく話を進めるから、入っていけないんだろうが！」

言われて気付く。リュカは普段《ふだん》からロザリアのドレス選びに付き合ってくれるから気にしていなかったが、こういう経験がないであろうオスカーには馴染《なじ》みにくい空気だったかもしれない。

「……それは申し訳なかったわ。もうあなたを置いてけぼりになんてしないから、一緒に選びましょう」

「おい、まるで子ども扱いをするな」

不服そうな顔をしながらも、オスカーが首を捻《ひね》る。

「なあ、先程《さきほど》からベネット嬢の試着しか進んでいないようだが、お前はいいのか？」

「あら、私のことは気にしなくていいのよ。それよりこれはどうかしら？　小花柄《こばながら》が品よく刺繍《ししゅう》されていて、サラさんに似合いそうじゃなくて？」

「まあ、似合うとは思うが」

「やっぱりそう思うわよね。サラさん、これもキープよ」

「おい、ロザリア」

「オスカー、あなたの好きな色は何？　その色の生地も合わせてみましょう」

「俺の話を聞け」

オスカーの声のトーンがほのかに低くなったので、仕方なく振り返る。

「――だから、私のドレスについては気にする必要がないのよ。もう決めてあるから」

「は？」

「えっ⁉」

オスカーとサラの声が重なった。

「あなたたちが来る前に、リュカに見立ててもらって決めたのよ。だから私のドレス選びはもう終了《しゅうりょう》しているの」

「……お前は俺に、お前のドレス選びに付き合えと言わなかったか？」

「言ったけれど、早く着いて時間が余ってしまったんだもの」

というのは嘘《うそ》だ。始めからロザリアのドレス選びに付き合ってもらうつもりはなかったので、待ち合わせより早く店に出向き、リュカと共にさっさと決めてしまったのだ。

「そんなぁ、私もロザリア様のいろんなドレス姿を見たかったです……」

オスカーはムスッと黙り込んでしまい、サラはしょぼくれた。

「どうせ当日会うのだからいいでしょう。さ、オスカー。この中から決めるわよ」

「ベネット嬢のドレスに俺の意見は必要なのか？」

「必要よ！」

力強く言ってみせたが、オスカーはなぜだかわからんという顔をしていた。

（わっかんないかな〜もう！　オスカーは自分好みのドレスを選ぶ、そしてサラがそれを着る！　乙女《おとめ》ゲーム的にはときめく展開じゃないの！）

どうにも鈍《にぶ》いオスカーを引っ張って、サラの隣《となり》に立たせる。

「どれが一番似合うと思うか、率直《そっちょく》な意見を言ってちょうだい」

「……そう言われてもな」

「オスカー様、私からも、ぜひともお願いします！」

「……なら、この中でも君が特に気に入っているものに絞《しぼ》ってくれ。そこから選ぼう」

「はい！」

二人で会話が進み始めたので、ロザリアは一旦休憩《いったんきゅうけい》、と二人の傍《そば》を離《はな》れる。

そのままソファに腰掛けると、すぐにリュカが動き、紅茶を差し出してくれた。

「お疲《つか》れさまです、ロザリア様」

「ありがとう」

受け取った紅茶を口に含《ふく》み、オスカーたちの様子を見てほくそ笑む。

「ふふ、順調だと思わない？」

「そうですね、お二人とも好感を持っていないわけではない……と、思いますが」

意見を出し合ってドレス選びをする二人の姿は、ただのクラスメートよりは確実に親しく見えるだろう。うん、初々《ういうい》しくて良い感じだ。

「見て、オスカーってば今、微笑んだわよ。あまり人前でそういう顔をする印象がないのに、サラさんには気を遣わずに接しているように見えるのよね。サラさんの方も、始めの頃は王太子という身分に一歩引いていたように見えたけれど、今は然程《さほど》の緊張もなく話しかけられているように見えない？」

「……それは、ロザリア様に対しても言えるような気がしますが」

「え、私？　私はいいのよ、関係ないもの」

「……そういうことではないのですが」

「じゃあどういうこと？」

リュカは黙ってしまった。

「ねえリュカ、今のはどういう――」

「ロザリア様ぁ！　これなんてどうでしょうか？」

声を弾《はず》ませたサラに呼びかけられ、追及《ついきゅう》するのをやめて席を立つ。

爽《さわ》やかな青空色のドレスを身に纏《まと》ったサラを見て、ニコッと笑う。

「素敵ね。可憐《かれん》でとても良いと思うわ」

ロザリアが言うと、サラがきゃあっと嬉しそうに頬《ほお》を紅潮させた。

（いやいや、それ選んだのはオスカーだよね？　その笑顔オスカーに向けようか⁉）

しかし、オスカーは特に気にしていないようだったので、サラの笑顔を見せるのは諦《あきら》めた。惜《お》しい。せっかくのキュンポイントだったのに。

「……ええと、後はアクセサリーを決めないといけないわね。――持ってきていただける？」

ロザリアが合図をすると、店主が宝飾品《ほうしょく》の仕舞《しま》われた大きな箱を持ってきた。

「ア、アクセサリー？　さすがにそこまでは……」

「気にするな、ベネット嬢。遠慮《えんりょ》することはない」

「でも……」

「ここまで来たら、最後まで責任を持って手伝わせてくれ」

「あ、ありがとうございます……」

（おっ、その調子よオスカー！　この勢いでパートナー役への立候補もしてくれないか

な⁉)


期待を込《こ》めた眼差《まなざ》しで見守っていると、オスカーが可愛らしい花の髪飾《かみかざ》りを手に取った。

しかし、それを見たロザリアは、つい口を出してしまった。

「待って。それならこちらの方が、サラさんの顔の形に合っているんじゃないかしら」

「そうか?」

「ええ、一見して大した違いはないけれど、微妙《びみょう》に小振《こぶ》りのこちらの方が……」

テキパキと髪留めやイヤリングを選んでいくロザリアに、サラが目を輝かせる。

「ロザリア様、お詳《くわ》しいんですね……!」

「昔からアクセサリー選びは手を抜かないよう、母から言われてきたの。顔周りに配置するアイテムなら特に、目立ちすぎず、所有者の良さを美しく引き立たせるように――念入りに選びなさい、と」

「なるほど……!」

「はい、これでいいわ。完璧《かんぺき》ね」

(どうよ、オスカー!)

フフン、とオスカーを見ると、彼は目の前の着飾ったサラではなく、なぜかロザリアをじっと見ていた。

「……オスカー?」

「あ、いや、何も」

パッと顔を逸《そ》らしたオスカーは、気まずそうに店主の元へ行ってしまった。

(あ、まさか照れてる⁉ サラがあまりにも可愛いから直視出来なかったとか⁉)

全く素直《すなお》じゃないんだから、とニヤニヤしながら、オスカーを追いかける。

恐《おそ》らく支払いのことを話していたのだろう。話が済んだところで彼を捕《つか》まえる。

「なんだ、お前か。驚かせるな」

「オスカー、ありがとう。あなたがすぐに状況《じょうきょう》把握《はあく》の出来る男性で良かったわ」

「……やはり、わざと仕組んだんだな。ベネット嬢が準備で困るだろうということに、俺が気付いていなかったから」

「……まあ、ざっくり言うとそうね」

いろいろと企んではいたが、純粋《じゅんすい》にサラが心配になったことも確かなので頷く。

「よく見ているな、周りのことを」

「ちゃんと見ようと思い始めたのは、最近だけれどね」

「それでも、お前が今日この場を設けてくれなかったら、俺は気付けないままだった。無神経な男になってしまっていただろう。だから……感謝する」

「いいわよ、そんな改まらなくて。サラさんの楽しそうな姿が見られて、私も楽しかったし」

「……彼女みたいなタイプをお前は好まないと思っていたから、最初は何か企んでいるのかと疑っていたが——……真剣《しんけん》に装飾品《そうしょく》選びに付き合う姿を見て、驚いた」

妙《みょう》に真面目くさった顔で言うオスカーに、そうでしょうねえ、と苦笑《くしょう》する。

「人は変わるものよ」

「お前が言うと説得力があるな」

「ところで、彼女の純朴《じゅんぼく》なところは可愛らしいわよね。あなたもそう思わなくて？」

「まあ、気取っていなくて好感は持てるな」

「でしょう⁉」

色よい反応に、思わず食い気味に返してしまう。

「な、なんでそんなに顔を輝かせてるんだ」

「……失礼。まあ、その……彼女はとてもいい子だから、もっと知っていくべきだと思うのよ。ほら、視野を広くするのは大事でしょう？」

「視野を広く……、そうだな」

ふむ、と一考したオスカーは、ロザリアに提案をしてきた。

「ではこれから、彼女が好んでいる場所に行ってみるというのはどうだろうか」

（おお！　デートか⁉）

「いいわね。ぜひ楽しんできてちょうだい」

「何を言っている。お前も来るんだぞ」

「……はい？」


仕立て屋を出て数十分後。

ロザリアは、リュカ、オスカー、サラの四名で、街の大通りの先にある公園に来ていた。ベンチに座って周りを見てみると、中央に可愛らしい看板を掲げた屋台があり、若い男女が集まっている。どうやらそこが、サラのお気に入りのアイスクリーム店らしい。

「ロザリア様、どうして私たちも一緒なのでしょうか」

「私もわからないわ。かなり良い感じの雰囲気《ふんいき》になってきていたから、てっきり二人で出かけてくれると思ったのだけれど」

小声でリュカとやり取りをする。サラは言うまでもなく楽しそうにニコニコしており、オスカーはこういった場所に初めて来たからか、興味深そうに周囲を観察していた。

「いきなり二人きりは恥ずかしい、ということかもしれないわね」

「なるほど」

前世では経験があるが、今のロザリアとしてはもちろん、オスカーも、公共の場でベンチに腰掛けてアイスを食べる——なんてこと、したことがないはずだ。それでもオスカーが不快感を示さずついてきたのは、サラのことを知ろうと思ったからなのだろう。

（あれ、そういえばオスカールートにこんなイベントがあったぞ？　サラの視点で物事を見ようと考え始めたオスカーが、二人で街に出かけてデートをする……というイベントが）

つまりこれは、オスカールートのシナリオが進行しているということだ。自分たちがいるという相違点《そうい》があるが、これは良い方向に進んでいると捉《とら》えて良いのではないだろうか。

（調子いいじゃないの！　やったぁ！）

「ロザリア様も喜んでくださって、嬉しいです」

歓喜《かんき》の気持ちが顔に出ていたらしい。ニヤついてしまったロザリアを見て、サラが嬉しそうに笑った。

「そうね、なんだかとっても楽しい気分だわ」

二人して微笑んでいると、オスカーが疑問を口にした。

「それで、この後はどうすればいいんだ？」

「あ、はい！　この中から食べたいものを選んでください！　買ってきますので！」

オスカーの問いかけに、サラがメニューの載《の》ったチラシを取り出す。ロザリアとして生活し、上品な高級菓子《かし》を食べ慣れてしまった身としては、カラフルでポップな色彩《しきさい》にワクワクしてくる。

「どのアイスも見た目が可愛くて美味《おい》しそうね。迷ってしまうわ」

どれも食べてみたくて目移りしていると、オスカーが『人気ナンバーワン』と書かれた写真を指さした。

「人気らしいし、これなんかどうだ？　ミントチョコレート……」

「ロザリア様はこちらですよね、ストロベリーチョコレート」

オスカーの言葉を遮《さえぎ》るように、リュカがピンクと茶色のアイスを指さす。

「ロザリア様は、ミント風味のものがあまり好みではありませんでしたよね」

「さすがリュカ、よくわかっているわね。私もこれが一番良いなと思っていたの」

「………」

ニッコリ微笑み合うロザリアとリュカを、オスカーが顔を顰《しか》めて見てくる。

「じゃあ俺も、同じものを」

「ちょっと、真似《まね》しないでよ」

「いいだろう、俺もお前が好むという味に興味を持っただけだ」

なぜツンツンしているのかわからないが、意見を変える気はなさそうなので、まあ好きにすればいいか、と受け流す。後の二人も味を決めたところで、リュカが立ち上がった。

「では買って参ります。ロザリア様、僭越《せんえつ》ながら、ご一緒にお願い出来ますか？」

珍しいリュカの申し出に、ロザリアは彼の意図をすかさず察した。

（そうか！　二人きりにするチャンスよね！　さすがリュカ！）

「ええ、行きましょう」

差し出された手を取り、ロザリアも立ち上がる。

「そんな、ロザリア様に頼むわけには」

「いいのよ、サラさん。興味があるから行きたいの」

申し訳なさそうなサラを宥めて、オスカーに向き直る。

「では、二人で仲良く歓談《かんだん》でもして待っていてちょうだい」

「？……ああ」

意味深な笑みを見せたロザリアに、オスカーは不思議そうな顔をしながらも頷いた。

（よし、この時間で親密度を上げちゃってね！）

心中でひっそりとオスカーにエールを送り、リュカと共に屋台へ向かう。店には二十人ほどの行列が出来ており、いかに人気店なのかということが窺《うかが》えた。

（なんだか懐かしいな、この感じ）

前世では、友人とこんなふうに買い食いをしたことがよくあったものだ。しかし、こうしてリュカと並べる日が来るとは思わなかった。あの頃の私に自慢《じまん》したい。

「申し訳ありません、ロザリア様。このように並ばせてしまって」

「気にしないで。むしろ機転《き》を利かせてくれたことに感謝しているくらいよ」

そのまま並んでいるうちに、なんだか視線を感じることに気付いた。そろりと辺りを見《み》遣《や》ると、行列に並んでいる人や店の周囲にいる人々が、こちらをチラチラと見ていた。

（え、どうしたのかしら。何か目立って――……ああっ⁉）

慎重《しんちょう》に観察してから、ロザリアは状況を把握した。若い人から年配の人まで、幅広《はばひろ》い年齢《ねんれい》層の女性の視線がリュカに釘《くぎ》づけになっている。

（みんなリュカを見てる⁉　なんで⁉　……いや、なんでじゃないわよ私‼）

脳内ツッコミを入れながら、当たり前の公式設定を思い出す。

（そうだった、リュカもロザリアに引けを取らない美貌《びぼう》のキャラとして描《えが》かれていたじゃない！　そりゃ普通《ふつう》の女性は色めき立つってもんよ……！）

学園ではリュカはロザリアの従者として周知されているので、彼をそういう目で見る者はまずいない。でも学園外に出てしまえば、何も知らない女性たちから熱い眼差しを向けられてもおかしくないのだ。

（なんだろう、推《お》しの美貌がみんなに知《し》れ渡《わた》るのは嬉しいはずなのに、なぜだかすごく複雑……！）

ここまであからさまに見つめられることは、そうはないからだろうか。リュカが目を引く外見だということを、こんな形で自覚する羽目になろうとは。

妙に胸がザワザワし始めたロザリアの肩《かた》を、唐突《とうとつ》にリュカがグイっと引き寄せた。

「ど、どうしたの？」

「……やはりいけませんね。どうしても目を引いてしまうようです」

眉間《みけん》に皺《しわ》を寄せて周囲に目を遣るリュカも、どうやら気付いていたようだ。

「……そうね。あなたって本当に目立つのね」

「え？　いえ、目立っているのは私ではなく……」

「うっかりしていたわ、あなたが絶世の美青年だったということを忘れるなんて」

「……無自覚なのにも困ったものですね」

苦笑いされた気配を感じ、しかめっ面《つら》になってしまう。

「笑い事じゃないわ。落ち着かないじゃない、こんなに女性たちから注目されているなんて。私が隣にいるというのに――……」

我儘《わがまま》じみた発言をしてしまい、言葉を切る。リュカは驚いたように瞬《まばた》いた。

「……まったく、どうしてそんな心配をする必要があるんですか」

(呆《あき》れられた……！)

困り顔をそう受け取ったロザリアは、居《い》た堪《たま》れなくなって顔を背《そむ》けた。

「本当にわかっていないですね、貴女《あなた》は」

小さく呟かれた言葉は、人の賑《にぎ》わいに紛《まぎ》れてロザリアの耳には届かなかった。

周りからの視線に辟易《へきえき》しながらもアイスを買い終え、オスカーたちの元に戻ると、思いのほか話が弾んでいたのか二人は良い笑顔だった。

「二人とも、楽しそうね」

「ロザリア様、リュカさん！　ありがとうございます！」

「すまなかったな」

「いいのよ、おかげで現実への危機感が持てたから」

「……何を言ってるんだ？」

「こちらの話よ。さ、いただきましょう」

ベンチに腰を下ろし、アイスクリームに口をつける。

「うん、美味しいわ！」

「なるほど。なかなか美味《うま》いな」

「えへへ、お口に合ったのなら良かったです！」

（ふむ。サラは楽しそうだし、オスカーも平民の食文化に特に偏見《へんけん》もなく馴染んでる。ゲームの通りじゃないかな、これは！）

計画が順調であることを意識すると、先程のモヤモヤも薄《うす》まり、アイスの味もより美味しく感じる。機嫌《きげん》良く食べていると、リュカが自分のアイスを一さじ掬《すく》って差し出した。

「ロザリア様、よろしければこちらもお食べになりますか？」

「え、いいの？」

スプーンに載せられたキャラメル味のアイスに、目を輝かせる。実は、リュカが選んだ味は最後まで悩《なや》んだやつだったのだ。

「はい。ロザリア様は、こちらの味もお好きだろうと思いましたので」

「もしかして、私のためにこれを選んでくれたの？」

「もちろんです」

ニッコリと微笑まれ、キャーッと心の中で騒《さわ》ぐ。

（さすがリュカ！　ロザリアのことを知り尽《つ》くしてる‼）

「ありがとう、ではいただくわ」

スプーンを受け取り、口に含む。ううむ、期待していた通りに美味である。

「ま、待て。俺のも食べていいぞ」

なぜかオスカーが慌てた様子で、自分のアイスも一さじ掬った。

「あなたのは私と同じ味でしょう。いらないわよ」

しれっと断ると、オスカーが苦々しげな顔をした。そこにサラも割り込んでくる。

「ロザリア様、私のはいかがですかっ？」

「いいのよ、あなたは好きなだけ食べなさ――、きゃっ」

突然《とつぜん》肩に重みを感じ、前のめりになる。

「ロザリア様！」

「な、何かが急に――……あら」

見ると、肩には小妖精のエアリアルが乗っていた。空気の精でもある光の妖精だ。

エアリアルは、キラキラした目でロザリアが持つアイスを見つめていた。

「美味しそうねぇ！　私にもくださいな！」

「これが食べたいの？　いいわよ、どうぞ」

キャッキャとじゃれつくエアリアルに、快くアイスを分けてあげる。リュカが何か言いたそうにしたが、「いいのよ」と目で制する。

「ロザリア様、その妖精さんはお友達ですか？」

サラの問いに、いいえと首を振る。

「初めましてよね。良き隣人《りんじん》さん、あなたはこの公園に住んでいるの？」

「ええ、そうよ！」

ふわりと揺《ゆ》れる翅《はね》をそっと撫《な》でると、エアリアルは気持ちよさそうに笑った。その表情を見て、ロザリアの頬も緩《ゆる》んでしまう。

「気に入ったのなら、好きなだけ食べていいわよ」

「わあい！」

可愛いなぁ、とニコニコしながら眺《なが》めていると、サラが感激したように両手を合わせた。

「さすがロザリア様！　初めて会った妖精さんとも、すぐに仲良くなれるなんて！」

「やだ、大袈裟《おおげさ》よ」

「……いや、大袈裟なんかじゃない。お前は本当に……すごいな」

オスカーも感慨深《かんがいぶか》そうに言う。そんなふうに手放しで褒められると、恥ずかしくなってきてしまう。

「すごくなんてないったら。ねえ、リュカ。――……リュカ？」

一瞬、リュカが眉を顰《ひそ》めてオスカーを見ていたような気がした。けれど彼は、すぐにロザリアに向けて笑みを見せてくれた。

「そうですね。ロザリア様は本当に……、誰もを魅了《みりょう》する力がおありですから」

含みのある言い方に聞こえたのは、気のせいだったろうか。


オスカーとサラの仲を深めよう作戦は、順調に終えることが出来たと思っている。

サラのことをよく知り、彼女の魅力に惹《ひ》かれたオスカーは、もっと彼女と近づきたいと考えるようになる。そうして舞踏会でのパートナーは、ロザリアを振ってサラに申し込みし直す――そうなると思っていたのだが。

「……おかしいわ。どうしてそうならなかったのかしら」

舞踏会当日。ロザリアは会場である王城内の一室で、パートナーのオスカーが迎《むか》えにくるのを待っていた。

「なぜパートナーは私のままなの⁉」

頭を抱《かか》えて嘆《なげ》く。後ろに控《ひか》えるリュカも、複雑そうな顔をしていた。

「良い感じだったのに、まだ足りなかったというの？」

「……あれでは、仕方ないでしょうね」

「何が⁉」

食い気味に返してしまうと、リュカが困ったように身動《みじろ》いだ。

「ロザリア様、確かにあの日、オスカー様とベネットさんの親密度は深まったかと思います。ですが、それを上回る魅力を貴女が振り撒《ま》いてしまっては、元も子もありません」

「私、何かしたかしら」

「……わかっていないんですね」

はあ、とリュカにしては珍しく、深い溜《た》め息《いき》を吐《つ》いた。

（ええっ、私、なんか出しゃばっちゃったっけ？　いやいや、二人が上手《うま》くいくよう当《あ》たり障《さわ》りなく接してられたよね？）

リュカの指摘《してき》がいまいちわからず悩むが、結局答えが出ないまま会場入りする時間になってしまった。

「ロザリア、準備は出来ているか？」

「ええ。大丈夫《だいじょうぶ》よ」

扉《とびら》がガチャリと開く。部屋に入ってくるなりオスカーは、ロザリアを見て大仰《おおぎょう》に肩をビクッと揺らした。そのまま、まじまじと見つめてくる。

「ちょっと、化け物を見たようなその反応はなんなのかしら」

リュカが見立ててくれた深紅《しんく》のドレスは、ロザリアの深紫《ふかむらさき》色《いろ》の髪が良く映《は》え、ところどころにあしらった黒のレースのおかげで、上品な仕上がりとなっている。

綺麗に結《ゆ》い上げられた髪も化粧《けしょう》も、全てリュカによるものだ。全身を鏡に映して見た時、あまりの完璧な出来栄《できば》えに、さすがロザリアだ！　と感動したくらいなのだが。

「……いや、その、なんだ。まあ……それなりに良いんじゃないか」

「まあ、随分《ずいぶん》と失礼な褒め言葉ね」

眉を吊り上げて睨《にら》むように見てやると、オスカーは顔を赤くして慌て出した。

「いや、そうじゃない。今のはちょっと驚いてしまっただけで……。い、行くぞ！」

強引《ごういん》に腕《うで》を取られ、仕方なくついていく。

「リュカ、行ってくるわね」

一緒に行けないことを少し寂《さび》しく思いながら、声をかける。

本来ならリュカもオスカーの同級生として招待されていたのだが、自分はあくまでもロザリアの従者であるから、と固辞したのだ。残念。リュカの盛装《せいそう》姿も見てみたかったのに。

「……行ってらっしゃいませ」

深々と頭を下げたリュカの表情は、見えなかった。


会場の大広間に入ると、主催者とその婚約者ということで、盛大《せいだい》な拍手で迎えられた。

間もなく楽団による演奏が流れ始め、オスカーと手を取り踊《おど》り出す。

(サラを見つけて、なるべく早くオスカーを押しつけなくちゃ)

そう企みながら、それとなく周囲に目を配る。

「おい、余所見《よそみ》をするな」

だが、気も漫《そぞ》ろなことに気付かれ、オスカーに指摘されてしまった。

「サラさんはどこにいるのかしら、と思っただけよ」

「この前から、やたらと彼女を気にしているな」

「だって、可愛らしいし良い子じゃない。あなたもそう思うでしょう?」

「まあ、それはわかるが」

「でしょう! なら次の曲は、サラさんと踊ってみてはどうかしら」

「……お前はどうしていつも、ベネット嬢と俺を一緒にさせたがるんだ?」

「そ……そんなことはないわよ」

（さすがにあなたたちをくっつけたいから、とは言っちゃ駄目だよね!?）

ちょっとあからさますぎたか、と反省し、話を逸らそうと試みる。

「あなたの気のせいだと思うわよ。――そうだわ、あの時のアイスは美味しかったわね」

「ん？　ああ、初めて口にしたが、なかなかだったな」

一瞬何かを考えるように黙ったオスカーが、思い切った様子で口を開いた。

「……あのように視点を変えた時間を過ごせて良かった。貴重な体験だったし、俺はこの国の王太子として、国民の生活も知っておく必要があったと思うから」

急に真面目な口ぶりになり、ステップを踏《ふ》み間違《まちが》えそうになる。

「お前があの時俺を連れ出してくれたおかげだ。立場について考え直す機会を与《あた》えてくれたお前には、本当に感謝している。……お前がいてくれて良かった」

（……デ、デレた……!?）

ここでまさかのツンデレスキルが発動した。なぜ、ヒロインではない自分に。

「そ……それはまあ……もったいないお言葉をどうも……」

予想していなかったことを言われ、どうにも反応に困ってしまう。

そのままロザリアは、曲が終わるまで会話することもままならなくなってしまった。

「ロザリア様、とってもお綺麗です！」

オスカーのツンデレ発言で調子が狂ったロザリアは、頃合いを見計らって一人でバルコニーに避難《ひなん》していたのだが、サラが見つけて駆《か》け寄《よ》ってきた。

そうだ、オスカーのところに連れて行かねばと思いながらも、せっかく飲み物を持ってきてくれたので、礼を言って受け取る。

「ありがとう。あなただって綺麗よ。そのドレス、とても似合っているわ」

「ロザリア様が一緒に選んでくださったおかげです！」

「その色を選んだのはオスカーよ。彼の見立てはなかなか良かったわね」

えへへ、とサラが照れ笑いをする。

「……オスカー様にも感謝していますが、ロザリア様にはとびきり感謝しています」

「私なんて、大したことはしていないわよ」

「いいえ、たくさん良くしてもらっています！　本来、私なんかが気安く話しかけてはいけないお方なのに、こうして優《やさ》しくしてくださって。本当に嬉しく思っているんです」

いつになく真剣な表情に、ロザリアの中に温かい気持ちが広がる。

(悪役令嬢《れいじょう》の私が、正ヒロインからこんなふうに思ってもらえるなんて)

リュカを守るためにと足掻《あが》き始めたことだが、良い結果が出ていることが喜ばしいし、《おといず》ユーザーとしてヒロインと親しく出来るのは、素直に嬉しい。

「編入した頃は不安ばかりでしたが、今はとても楽しいです。素敵な方々に恵《めぐ》まれて、仲良くもしていただいて」

しかしなぜか、サラの声は次第《しだい》に暗くなっていく。

「……ロザリア様の周りには、素敵な殿方《とのがた》がたくさんいますよね」

「私の周り？　リュカ以外にいたかしら」

「もう、いるじゃないですか。ルイス様に、ミゲル様。それからウォーリア先生……」

「ルイスお兄様は家族だし、ミゲルと先生はたまに絡《から》んでくるだけよ」

「皆《みな》さん、ロザリア様をお好きなんだと見ていてわかります」

「……そういうわけではないと思うけれど」

「──それに、なんと言っても、ご婚約者のオスカー様が……」

よりいっそう声音が落とされて、どこか意味深な響《ひび》きを感じ取った。

まさかと思ったロザリアは、慎重に問うた。

「……彼のことが気になる？」

「はい。羨《うらや》ましいなぁと思います」

(これはっっっ!!)

来たぞ!!　と心の中で大喝采《だいかっさい》を送る。

(もしかして、婚約者である私に嫉妬《しっと》している……!?)

ついに望む展開になってきたのでは、と逸《はや》る鼓動《こどう》を抑《おさ》えてサラを見つめる。

「あ、あのね、サラさん。確かに彼は私の婚約者ではあるけれど、思《おも》い詰《つ》める必要はないわ。私はあなたが思うままに生きてほしいし、邪魔もしないから」

「え？」

キョトンとした目で見てくるサラに、あれ？　とロザリアも首を傾《かし》げる。

（おかしいぞ、何か噛《か》み合《あ》っていない？）

「えっとね、サラさん」

「そういえば、リュカさんのお名前が出て思い出しました。彼もとても人気なんですね」

（……ん？）

急に話が変わったことよりも、その内容に戸惑《とまど》う。

「それは、どういう……」

「実はさっき、お手洗いに行こうとしたら間違えて、出席者のお付きの人たちの控室《ひかえしつ》に入ってしまったんです。そこでリュカさんったら、侍女《じじょ》さんやメイドさんに囲まれていたんですよ！」

無邪気《むじゃき》に笑うサラに対し、ロザリアは凍《こお》りついた。

「……囲まれていた？」

「はい。そうですよね、男性なのにとっても美しいお顔立ちですし、物腰柔《ものごしやわ》らかでお優しいですもん。女性たちに囲まれちゃうのもわかります」

先日の、アイスクリーム店での光景が蘇《よみがえ》る。あの時もリュカは、女性たちからの視線を一身に集めていた。皆、頰を染めてリュカを見ていた。

(また、女の人たちに……)

あの日のように、胸《むね》の奥に妙な感覚が湧き上がってくる。モヤモヤとする何かが。

(……リュカは、私だけのものなのに)

一瞬、そんなことを考えてしまった自分に驚く。

もちろん彼はロザリアの従者なので、ロザリアに属している人ではあるのだけれど。

それでも足りないような、欲張ったことを叫《さけ》びたくなるような衝動《しょうどう》に駆られてしまった。

「――わ、私、リュカのところへ行かなくちゃ」

「えっ？」

無意識にそう呟き、サラを置いてバルコニーを離れる。

そのまま、会場の入り口へ急ぎ足で向かう。なぜか今すぐ、リュカに会わなくてはいけない気がした。

会場を出て、早足で回廊《かいろう》を進む。重たいドレスが鬱陶《うっとう》しくて、よいしょと行儀《ぎょうぎ》悪く抱えて早歩きをしていると、無数の光る何かがふわりと目の前に現れた。

「ロザリア、息を切らしてどうしたの？」

目を凝《こ》らして見ると、それは屋敷《やしき》からついてきていた小妖精たちだった。いつものように髪にじゃれつくことが出来ないので、妖精たちはドレスにまとわりついていく。

「リュカを捜《さが》しているの。見なかったかしら？」

「あの金髪の従者さんね！　彼なら庭園よ」

「あの美しい髪にお月様が反射して、キラキラ輝いていて素敵だったわ」

きゃらきゃらと笑う妖精たちに礼を言って、彼女たちを振り落《お》とさないよう慎重に進んでいく。

少し歩くと庭園が見えてきて、生垣《いけがき》を回り込むと開けた空間に出た。星空の中央には満月が浮《う》かんでいる。

その真下、噴水《ふんすい》の石垣《いしがき》に腰掛けているのは、ロザリアの尋《たず》ね人《びと》だった。

「リュカ！」

息を吐く間もなく名を呼ぶ。物思いに耽《ふけ》るように座っていたリュカは、ハッと顔を上げて振り向いた。

「……ロザリア様？」

「もう、捜したのよ」

「どうしてここへ……。舞踏会はまだ途中《とちゅう》なのでは」

戸惑うリュカに近づき、顔を見上げる。月に照らされた彼はいつも以上に美しく、神秘的な存在であるかのように思えた。

「良かった、一人なのね。サラさんから控室で女性に囲まれていたと聞いて、気になってしまって」

「え」

（わっ、しまった。つい独占欲《どくせん》が強い主人みたいな言い方しちゃった！）

勢い余って考えていたことを口にしてしまい後悔《こうかい》したが、リュカはそんなロザリアを見て相好を崩《くず》した。

「少し声をかけられていただけですよ。煩わしくて、一人になれる場所を探してここへ。……それを気にして、わざわざ来てくださったのですか？」

「え、ええっと、ほら。この間街へ行った時も、あなたってばいろんな女性から注目を浴びていたでしょう。モテるんだなって思ったら、なんだか心配になって」

「……心配、ですか。嫉妬してくださったわけではないのですね」

苦笑したリュカに、「へっ？」と声がひっくり返ってしまう。

（嫉妬？　……え、これ嫉妬なの？）

考えもしなかったことを言われ、動きが止まる。

確かに、女性たちから熱い視線を送られるリュカを見て、胸がモヤモヤとしたけれど。

（私、嫉妬してたの……⁉）

その言葉を意識した途端《とたん》、急速に恥ずかしくなった。

前世でリュカを推しとして愛《め》でていた頃は、そんな同担拒否《きょひ》みたいな想《おも》いを抱いたことはなかったのに。むしろ、推しの良さを分かち合える人がいればいるほど、嬉しがるタイプだったのに。

だけど今のロザリアは、リュカに自分だけの存在でいてほしいような、そんな我儘な気持ちを抱いてしまっている。

（どうして、こんな気持ちに）

やはり、実際に目の前にいる彼と接しているからだろうか。生身の人間であるリュカと過ごしているうちに、欲張りになってしまったのだろうか。

黙り込んだロザリアに、リュカが一歩距離《きょり》を詰めた。

「私は嫉妬しましたよ。あの時、貴女に熱い視線を送っていた男たちに」

「え……」

「今夜だってオスカー様が――……」

リュカが何かを堪《こら》えるように、言葉を飲み込んだ。

「……貴女はいつだって、男たちの視線を集めてしまう。ただでさえ目を引く容姿をしているのに、最近の貴女はとても――無防備に笑うから」

真剣な表情で見つめられ、たじろいでしまう。

「何……言っているの。私なんて、そんな――」

「あのように無邪気な笑顔を見せられて、気にならない男はいませんよ」

「そ、そんなわけないでしょう」

首を振って否定すると、リュカは眉を寄せた。

「貴女は自覚がなさすぎます。本当に、男というものをわかっていない」

もう一歩踏み込んだリュカの顔が、間近に迫《せま》った。

「私にはわかるから言っているのです。――私も、男ですから」

射抜《いぬ》かれるような視線に、息を呑《の》んだ。

「……っ」

目を合わせていられなくなり、俯《うつむ》いてしまう。そんなロザリアの耳元に、リュカの手が触《ふ》れた。

ビクリと揺れた肩を宥めるように、「そのままで」と静かに声が落とされる。

触れる指が熱い。目を瞑《つぶ》ってじっとしていると、リュカが離れた。

「……？」

耳元に重みを感じる。ロザリアのために彼が常備している手鏡を受け取って覗《のぞ》くと、そこにあったはずのシンプルなイヤリングがなくなり、代わりに紫がかった赤い色の宝石が嵌《は》め込まれた、薔薇《ばら》の形のイヤリングがぶら下がっていた。

「……綺麗」

「ロードライトガーネット。貴女の石です」

「私の？」

「はい」と頷き、リュカがイヤリングに触れる。

「男が女性にイヤリングを贈《おく》る意味を、ご存知ですか？」

「……知らないわ」

「『自分の存在をいつでも感じていてほしい』――そういう気持ちを込めて贈るのです」

再び真《ま》っ直《す》ぐな視線を向けられ、心臓が大きく跳《は》ねた。

「貴女以外の女性のことなど、気になるわけがないではありませんか。私の心はこんなにも、貴女でいっぱいなのに」

「……リュカ」

「何度だってお伝えします。私は貴女だけのものです、と」

「…………っ」

今度は目を逸らせなかった。瞬きすることすら忘れ、眼前の萌黄《もえぎ》色の輝きを見つめ返す。

そこには、自分など足元にも及《およ》ばないくらいの、独占欲に満ちた炎《ほのお》が燃えている気がした。

（……こんな顔を、するなんて）

そう意識した途端、心臓が騒ぎ出した。ドキドキドキと、激しく胸を叩《たた》いていく。

(ちょ、ちょっと待って。なんなのこれは)

胸の内側が熱い。鼓動が煩《うるさ》い。

リュカの視線を受け止めたまま動けずにいると、やがて微《かす》かに音楽が聞こえてきて、意識が引き戻された。

リュカにも聞こえたのか、身を後ろに引いて辺りを見回す。

「……何か、聞こえますね」

庭園のどこかから、楽しそうなメロディーが聞こえてくる。だがこれは、舞踏会の楽団が奏《かな》でているものではないだろう。何重もの音が重なるものではなく、もっとシンプルで軽《かろ》やかなメロディーだ。

「妖精が奏でているんだわ」

月明かりが照らす庭園を見回すと、噴水や生垣、葉の陰《かげ》に隠れて、小妖精たちが踊っているのが見えた。彼らの舞踏会が始まったのだ。

「妖精の……」

リュカは逡巡《しゅんじゅん》した後、思い切ったようにロザリアの前に手を差し出した。

「レディ、よろしければ——私と踊っていただけますか?」

躊躇《ためら》いながらも差し出された手を、ロザリアはじっと見つめる。

──リュカからの、初めてのダンスのお誘い。

感情が忙《せわ》しなく動いて落ち着かないままではあったが、ロザリアはその申し出を断る気にはなれなかった。

「……はい。喜んで」

手を取ると、リュカがホッとしたように息を吐《は》いた。

そのまま手を引かれ、踊り出す。

妖精の音楽は自由な曲調で、決められたステップなどない。だから二人も、出鱈目《でたらめ》なステップを踏んでいく。

それでも、マナーに則《のっと》ったダンスの何倍も楽しいと感じた。

いつの間にか周りには妖精たちがたくさん集まっていた。彼らも自由に歌い踊り、笑い声を上げている。

リュカはもうすっかりいつも通りの穏《おだ》やかな表情に戻っていた。

けれどロザリアは、繋《つな》がれた手の熱さを意識しながら、改めてある事実に気付いてしまっていた。

（……さっきのリュカ。男の人の顔だった）

従者としてのものではなく、一人の男としての顔だった。

それはロザリアを困惑《こんわく》させるものでもあった。

わかっていたはずなのに、わかっていなかった。リュカも年相応の男性なのだということを。

（……どうして今まで、気付かなかったんだろう）

あくまでも守るべき推しとして見ていて、そんなふうに感じる隙《すき》はなかったのだ。リュカは生身の男性として、ずっとそこにいたのに。

そしてもう一つの事実も、ロザリアの困惑を加速させていた。

（男性である彼に、どうしようもなくときめいてしまった私がいる……）

今までにない炎を宿した強い眼差しに、感じたことのない衝動が湧き上がったのだ。

どうしてだか、自分から彼に触れたくなるような、そんな気持ちに。

——この人が、恋《こい》しいと。

（……うわ————っ⁉）

恥ずかしさのあまり全身が熱くなる。けれど平静を装《よそお》わなくてはと、顔を出来る限り俯かせてダンスを続ける。

ロザリアの様子がおかしいことに気付かないくらい、リュカもいつになく緊張していたことなど知る由《よし》もなく。

二人きりの舞踏会は、満月と妖精たちに見守られ——そして何かが変わる予感をメロディーに乗せながら、しばらくの間続いたのだった。

第四章 予測不能なイベント頻発

（……どうしよう。どんな顔して会えばいいの？）

舞踏会《ぶとう》の翌朝、ロザリアは身支度《みじたく》を整えながら、昨晩のことを思い返しては軽いパニック状態に陥る《おちい》――というのを何度も繰《く》り返《かえ》していた。

推《お》しとして、庇護《ひご》する対象として見ていたはずのリュカに、今までとは違《ちが》う気持ちが生まれていることに気付いてしまったからだ。

（あああもう、なんで今更《いまさら》そんなことに気付いちゃったんだろう!? いや、好きだよ、ずっと前から大好きなんだけども！ こう、リアルな恋心《こいごころ》とかだったわけじゃなくて！）

恋心、という言葉を意識した途端《とたん》、床《ゆか》に崩《くず》れ落《お》ちる。

（そ……そんなこと考えてる余裕《よゆう》はないのに……っ！）

自分の今世での目的は、リュカの命を救うことなのだ。煩悩《ぼんのう》なんて追《お》い払《はら》わないと、リュカ救出計画に支障が出てしまうのではないだろうか。

そう不安になってしまい、こんなんじゃ駄目《だめ》だ、と自分を戒《いまし》める。

（落ち着くのよ。自分のすべき行動をしっかり見極《みきわ》めないと。私はこの世界では悪役令《れい》嬢《じょう》なの。何がキッカケで処刑《しょけい》エンドに転がり落ちてしまうかわからないんだから……！）

大きく深呼吸をして、よし、と気合を入れる。

そこで、タイミング良くリュカが部屋に入ってきた。

「おはようございます、ロザリア様」

「お、おはよう、リュカ」

変に緊張《きんちょう》していることを悟《さと》られないように、いつも通りを装《よそお》う。

リュカが何か言いたそうな顔をした。彼も昨晩のことを気にかけていたのかもしれない。

けれど彼は、躊躇《ちゅうちょ》する間を見せた後、顔を伏《ふ》せてしまった。だからロザリアも、あえて聞き出すようなことは出来なかった。

（……気まずいな、これは）

この状態で大丈夫《だいじょうぶ》だろうか、と心配になってくる。

だが幸いにも、すぐにそのことに気を取られている場合ではなくなった。

悪役令嬢ロザリアとしては、見過ごせない事件が起き始めたからである。

「ちょっとミゲル、その顔はどうしたの」

いつものように明るく挨拶《あいさつ》をしてきたミゲルを見て、ロザリアは目を丸くした。人懐《ひとなつ》こい笑《え》みを浮《う》かべた顔に、大きな絆創膏《ばんそうこう》が貼《は》ってあったのだ。

「いやー、聞いてくれよ。さっき中庭を歩いてたらさ、突然《とつぜん》鳥の大群に襲《おそ》われてさぁ」

あちこち突《つつ》かれたらしい。よく見ると、絆創膏を貼った場所以外にも、傷が散見している。地味に痛そうだ。

「鳥の大群って、あなた恨《うら》みを買うようなことでもしたの？」

「してねぇよ！　あれは妖精《ようせい》の仕業だな。小妖精が鳥の背に乗って、操《あやつ》っていたように見えたんだ」

「妖精が？」

「ああ。あんたも気をつけろよ。……って言っても、あんた命の従者殿《どの》がいるから心配いらないだろうけど」

「もちろんです。ロザリア様には傷一つ負わせません」

リュカが迷いなく返事をしたと同時に、オスカーが腕《うで》に包帯を巻いて教室に入ってきた。

「ありゃ、オスカー。あんたも怪我人《けがにん》仲間か」

「怪我人仲間？　なんのことだ、ミゲル」

「俺も怪我したんだよ。妖精に操られた鳥から襲撃《しゅうげき》を食らってさ。あんたは？」

妖精、とオスカーが小さな声で繰り返した。

「俺も恐《おそ》らく妖精の悪戯《いたずら》ではないかと思う。小さな影《かげ》が目の前を横切っていって、それに気を取られた次の瞬間《しゅんかん》、馬車に轢《ひ》かれそうになった」

「えっ、よく無事だったわね！」

「侍従《じじゅう》が庇《かば》ってくれたおかげで、俺はこの程度で済んだ。しかし、侍従はもっと酷《ひど》い怪我を負ってしまった」

悔《くや》しそうに唇《くちびる》を噛《か》むオスカーに、なんと声をかけたらいいかわからなくなる。

（……妖精のせいで、二人とも怪我を？）

どういうことだろう、と考え始めたところで予鈴《よれい》が鳴った。

「皆《みな》さん、もう鐘《かね》は鳴りましたよ。授業を始めますから、席に着いてください」

教室に入ってきたイヴァンを見て、ロザリアは「あっ」と声を上げた。

「先生、その足はどうされたんですか？」

生徒の一人が声をかける。イヴァンは左足を庇うように松葉杖《まつばづえ》をついていた。

「さっき、階段で転んでしまったんですよ。捻《ひね》っただけなんですが、念のため。いやぁ、妖精の気配に気を取られていたとはいえ、ボーっと歩いていたらいけませんねぇ。皆さんも気をつけてくださいね」

ここでも妖精だ。三人とも妖精の気配を感じると同時に怪我を負っている。しかも、立て続けにだ。

皆はあまり深く気にしていないようだったが、ロザリアはなんとなく、軽視してはいけない気がした。

その嫌《いや》な予感は、教室移動の際にすれ違ったルイスを見て、さらに強まった。

「お兄様、その手はどうしたの?」

ルイスの手には包帯が巻かれていた。

「ああ、さっきちょっとな」

ルイスは問題ないとその手を振《ふ》ってみせたが、見ている側としては痛々しい。

「ちょっとではないでしょう。どこで怪我をしたの?」

なんとなく胸騒《むなさわ》ぎを感じながら問うと、彼はロザリアが予想していた通りのことを口にした。

「渡《わた》り廊《ろう》下《か》を歩いていたら、妖精たちに石を投げられたんだ。まあ、少し切れただけだから気にするな」

やはり、また妖精だ。

ルイスは元のロザリアと違って、妖精たちに嫌《きら》われるような行動はしてきていないはずだ。だから妖精が自主的に攻撃《こうげき》的な態度を取るなんて考えられない。

そしてそれは、オスカーとミゲル、イヴァンの三人にも言えることだろう。

「どんな妖精だったの?」

「わからない。まあ、大怪我をしたわけじゃないからな。騒ぐほどのことではないさ」

ルイスはそれ以上、事を大きくしようとは思っていないようだった。

しかしロザリアの胸には、漠然《ばくぜん》とした不安が募《つの》っていった。


「一体、何が起こっているのかしらね」

リュカを連れて庭園を歩きながら、気がかりがふと口に出てしまった。

「ルイス様たちが妖精に攻撃された件ですか？」

「ええ。妖精が人間に攻撃をすることは、もちろんあるわ。でもそれって、大抵《たいてい》は人の行いに対する仕返しだし、そもそもこんなに続けて起こるだなんて不思議だなと思って」

「たまたま、ではないのでしょうか」

うーん、と首を捻る。ただの杞憂《きゆう》ならいい。だけどそう思えないのは、ロザリアには既《き》視感《しかん》があったからだ。

（ゲームでロザリアが、妖精と手を組んでサラに嫌がらせをする場面がいくつもあったから……似たような感じがして、嫌なのよね）

無論、自分はそんなことをしておらず潔白なのだが、悪役令嬢である自分が万が一にも疑われる展開になったりしないか、心配になってしまうのだ。

庭園が途切《とぎ》れた先にある森の前で、ロザリアは足を止めた。

(ロザリアが従えてたのは闇《やみ》の妖精。もちろん、彼らもこの学園内に住んでいる)

人に悪戯することを好む闇の妖精について、授業で対処法などを学ぶためだ。その住処《すみか》がこの森なのだが、彼らが外で悪さするのを防ぐため、簡単には外に出られないよう、授業で必要な時以外は封《ふう》じ込《こ》めの結界が発動するようになっている。

(でも、結界を無効化する術が一つだけある。——人間の持ち物を身につけること)

ゲームのロザリアはそうしていた。リボンを貸した闇の妖精に、サラに嫌がらせをするよう命じていたのだ。

(でも、ロザリア以外の誰《だれ》が、なんのためにそんなことをする必要があるのかわからないのよね。現状、何か悪いことを企《たくら》んでいそうな人間が、この学園にいるようには思えないし)

それに、もしそんな人がいるとしても、妖精に言うことを聞かせるのは容易ではないのだから、ますますわからない。

「……ロザリア様。もしや、闇の妖精が絡《から》んでいるとお考えですか？」

「そうね……。可能性は否定出来ないかしら、と思って」

リュカは黙《だま》ってしまった。恐らく彼も、闇の妖精が外に出る条件について思い至ったことだろう。

考えながら、少しずつ森に歩み寄っていく。と、その時何かの気配を感じた。

「ロザリア様、あまり森に近づいてはいけません」

「……待って、今何か聞こえて……」

苦しそうな声が聞こえた気がして、森の中を覗《のぞ》き込む。すると、緑がかった肌《はだ》に毛むくじゃらの妖精が、木の根元でジタバタ動いているのが見えた。

「ゴブリンだわ」

小鬼妖精《こおにようせい》とも呼ばれ、人に悪戯することを好む闇の妖精だ。

「危険です、ロザリア様。戻《もど》りましょう」

「でも、足が木の根に引っかかってしまったみたいなの。可哀相《かわいそう》だわ」

「闇の妖精に関わってはいけません」

リュカは強く止めたが、闇の妖精と言えど困っている姿を見たら放っておけず、そっと森の中へ踏《ふ》み込む。妖精は簡単に出られないが、人間からは中に入ることが出来るのだ。

近寄り、そっと声をかける。

「こんにちは、良き隣人《りんじん》さん。そこに生えている花を摘《つ》みたいのだけどいいかしら？」

ゴブリンはもがくのをやめ、鋭《するど》くロザリアを睨《にら》みつけた。

「なんだお前、オイラに近づくんじゃねぇ」

「ごめんなさいね、どうしてもその花が欲《ほ》しいのよ」

そう言って、素早《すばや》くゴブリンの足元に手を伸《の》ばす。そこに生えた花を摘むどさくさに紛《まぎ》れて、彼の足に絡まる木の根や蔦《つた》を引っ張ってほどいてあげた。

「良かった、取れたわ。お邪魔《じゃま》してごめんなさいね」

足が解放されたゴブリンは、探《さぐ》るようにロザリアをじっと見た。

「……人間め、なぜ助けた」

「助けた？　いいえ、私は花を摘みたかっただけよ」

妖精は人に正面から助けられることを好まない。なのでそういう時は、好意でやったと押しつけないよう、さり気なく行動する方が良かったりするのだ。

ゴブリンはしばらくロザリアを睨んでいたが、やがてプイと顔を背《そむ》けた。

「ねえ、よければ教えてほしいのだけれど、最近森の外へ出た闇の妖精がいるとか、そういう話を知らないかしら」

「ああ？　知らねえよ。外のことに興味がある物好きなんて」

そう言って、姿を消してしまった。

（……まあ、そうよね。闇の妖精は特に、人の干渉《かんしょう》を嫌うもの。余程《よほど》の理由がなければ人と関わろうとはしないはず。その逆も、然《しか》り）

ゲームのロザリアのように明確な悪意ある目的でもない限り、闇の妖精には関わらないのが吉《きち》と考えられているからだ。

「ロザリア様、早く出ましょう。森の中に長居しては危険です」

「大丈夫よ、入り口だもの」

「入り口だろうと一歩でも入ってしまっては同じです。さあ、早く」

腕を引かれ、おとなしくリュカについていく。

「闇の妖精に関わるなんて、今後このようなことはおやめください」

「だって、闇の妖精だというだけで悪役扱《あつか》いされるのは可哀相じゃない。悪役仲間として、なんだか放っておけなかったのよね」

「……悪役仲間？」

「こっちの話よ」

苦笑《くしょう》したロザリアを見て、リュカは不思議そうに首を傾《かし》げた。

ルイスたちが妖精から悪戯をされる事件が起き始めて、一週間が経《た》ったある日。

リュカは妖精学準備室を出て、早足でロザリアの元へ向かっていた。

(余計な時間を食ってしまった)

イヴァンがまた妖精に襲われて突き指をしてしまったらしく、資料作成を手伝ってほしいとロザリアに声をかけたのだ。無論、彼女にそんなことはさせられないので、リュカが代わりに立候補した。何を考えているのかわからない男なので、阻止《そし》出来て良かった。

(そんなことにロザリア様を手伝わせようとするなど、おこがましい)

イヴァンは正直面倒《めんどう》くさい。ロザリアの幼い頃《ころ》を知っているため、彼女に対して馴《な》れ馴れしい節があるのだ。いや、馴れ馴れしいのはクラスメートのミゲル・モーガンもだが、あの男は教師という立場を持っているので、より面倒なのだ。

面倒と言えば、最近妙《みょう》にロザリアを構うようになってきたルイスもだが、彼はロザリアの実の兄なのだから目を瞑《つぶ》ることにしている。あまりベッタリされたら不愉快《ふゆかい》だが、妹を可愛《かわい》がっているという程度だから我慢《がまん》している。

それよりもやはり群を抜《ぬ》いて厄介《やっかい》なのは、オスカーだ。

(以前はロザリア様に対して無関心だったから安心していたのに、近頃《ちかごろ》どうも鬱陶《うっとう》しい)

ロザリアが婚約《こんやく》解消に向けて行動すればするほど、オスカーの関心が向いてきてしまっているように感じるのだ。

(無理もないか。あんなふうに、素直《すなお》な笑顔《えがお》を見せられてしまったら)

そうして、舞踏会の夜のことを思い出す。

(……あまりにもご自分のことに無頓着《むとんちゃく》だったから、つい口にしてしまった)

ロザリアの無自覚さによる危険性と、自分の焦燥《しょうそう》を。

あくまでも従者として傍《そば》にいようと決めていたはずなのに、彼女の無防備さに我慢が出来なくなり、〝自分〟を出してしまった。

(――私は従者だ。隣《となり》に立つ権利を持たない、ただの従者)

戒めるように心の中で繰り返す。そうでもしないと、自分を抑《おさ》え切れなくなってしまいそうで。

複雑な感情にやるせない気持ちになり、思わず溜《た》め息《いき》を吐《つ》いてしまった時、この焦燥の一端《いったん》を担《にな》っている原因の人物が前方から歩いてきた。オスカーだ。

向こうもリュカに気付いたらしいが、こちらとしては特に話をする用事もないので、ペコリと頭を下げて立ち去ろうとする。

だが、オスカーに呼び止められてしまった。

「珍《めずら》しいな。ロザリアと一緒《いっしょ》じゃないのか」

「……ウォーリア先生の手伝いに呼び出されていたものですから。急いでロザリア様の元へ戻りますので、失礼します」

「おい、待て」

さっさと行こうとするリュカを、オスカーは再び止めた。

「お前、あいつがいないと急に雰囲気《ふんいき》が変わるよな。なんというか……愛想《あいそ》がない」

「ロザリア様以外の方に、愛想をよくする必要がございませんので」

わざとらしくニッコリ笑うと、オスカーが苛立《いらだ》ったように眉《まゆ》を上げた。

「……なんでお前みたいなのを傍に置いてるんだか」

「何か仰《おっしゃ》いましたか？」

「別に」

しっかり聞こえましたよ、と心の中で悪態を吐く。

そして、オスカーは探るような目を向けた後、おもむろに口を開いた。

「お前、例の件についてどう思っている？」

「例の件とは？」

「妖精による悪戯被害《ひがい》のことだよ」

「……そのことですか」

なぜその話を自分に振ってくるのかと思いつつ、ロザリアが話していたことを思い返す。

「同じ方々が何度も被害に遭《あ》ってらっしゃるのですよね。オスカー様も、先日また怪我をしそうになったとか」

「ああ。イヴァンのように階段から突き落とされそうになった。……馬車に轢かれかけて以降、身辺警護が厳しくなったおかげで無傷で済んだが」

それを聞いたロザリアが、顔を青くしていた。彼女にあんな顔をさせるなんて、腹立たしいと思ったものだ。

「ミゲルなんて、危《あや》うく大怪我をするところだった。妖精の笑い声が聞こえたと思ったら、頭上から花瓶《かびん》が降ってきただなんて。しかも、二度もだ」

「反射神経には自信があるからなんとか避《よ》け切れた、と言っていましたね」

その話をする時、運動神経の良さをロザリアに自慢《じまん》げに語っていたことを思い出し、心配になるどころか少々イラッとしてくる。

「ルイスも、手の次は顔に擦《す》り傷《きず》を作っていたようだが」

「妖精に呼ばれた気がして振り返ったら、毬栗《いがぐり》が飛んできたのだそうですよ」

「それでか。女生徒たちが何やら騒いでいたのは」

あの美しい顔に傷を作ったことで、一時騒然《そうぜん》としたものだ。ちなみにフェルダント公《こう》爵邸《しゃくてい》でも、帰宅したルイスを見た公爵夫人が卒倒《そっとう》した、ということは黙っておいた。

「俺が襲われたのも二回とも突然のことだったから、どんな妖精にやられたのか確認《かくにん》出来なかったのが悔《く》やまれる。教師の中には、もしかして闇の妖精が一枚噛んでるんじゃないか、なんて話している者もいるそうだが」

「……そうなのですか」

ロザリアも同じことを考えていた、と思い出す。

「もしそれが本当なら問題だ。いろいろと調べる必要が出てくる。――だがその前に、俺には気になることがある」

「なんですか？」

「どうしていつも同じ面子《メンツ》が狙《ねら》われるのか、不思議で仕方がない」

ちら、とオスカーが横目で見てくる。

「たまたま皆さんが、妖精の恨みを買うようなことをしたのでは？」

「もしくは、人間である誰《ヽ》か《ヽ》の、な」

意味深な物言いに、眉をピクリと動かす。

「どういう意味ですか？」

「深い意味はない。ただ、この面子と共通して関わりが深い人物は誰だろうか、と思っただけだ」

オスカーの睨《ね》めるような視線を、真《ま》っ直《す》ぐに睨み返す。

「オスカー様が何を仰りたいのかはわかりかねますが、私も一つ、気になったことを申し上げてよろしいでしょうか」

「……なんだ？」

「ご自分が妖精たちから狙われているという自覚がおありなら、ロザリア様にあまり近づかないでいただきたい。あの方が巻き込まれるようなことがあったら、私は絶対にあなたを許せません」

「……あいつの婚約者である俺に対して、随分《ずいぶん》な物言いだな」

「ご婚約者であろうとなんだろうと、関係ありません。命を懸《か》けてもお守りしたい主人を、大切に想《おも》うからこその言葉です」

沈黙《ちんもく》が走った。互《たが》いの間を、ピリピリとした空気が流れている。

その空気を破ったのはリュカの方だった。「失礼します」と頭を下げ、オスカーに背を向けて歩き出す。

（……本当に、厄介な男だ）

昏《くら》い気持ちを抱《かか》えながら、黙々《もくもく》と廊下を進んでいく。その途中《とちゅう》、ふとあるものが目に入って足を止めた。

窓の外に見えるのは、学園内に広い敷地《しきち》面積を持つ森だ。

「…………」

目を細めてその先を見つめる。

しばし思案した後、周囲に人影がないことを確認してから、視界に入ったものを追いかけるように方向転換《てんかん》した。

そのまま、闇の妖精も住まうあの森へ、真っ直ぐ向かっていった。

後方から、自分を追ってきた姿があったことにも気付かずに。

「ロザリア、話がある」

何やら機嫌《きげん》の悪そうなオスカーに呼び止められたのは、昨日に続き、リュカがイヴァンの手伝いに駆《か》り出《だ》されて席を外している時だった。

「何かしら」

「リュカは一緒じゃないんだな？　今日もイヴァンの所か？」「ええ」と答える。

確認するようにロザリアの周囲に目を走らせるので、

「突き指が治るまで放課後に手伝いをするよう頼《たの》まれているのよ。もうすぐ戻ってくると思うけれど」

「いや、いないならちょうどいい。ちょっと顔を貸してくれ」

「ここを離《はな》れないようにと言われているの」

「あまり人に聞かれたくないんだ。いいから来てくれ」

切羽《せっぱ》詰《つ》まった様子だったため、ロザリアは渋々《しぶしぶ》ついていくことにした。

やがて、人気のない廊下の隅《すみ》で足を止めたので、ロザリアもそれに倣《なら》う。

「それで？　どうしたの？」

「リュカの件で気になることがある」

「えっ、何？」

何か心配になるようなことがあるのかと焦《あせ》ったロザリアは、オスカーに詰《つ》め寄《よ》った。

「うわっ、急に顔を近づけるな！」

「リュカがどうしたの？　早く教えてちょうだい」

「だ、だから……、あいつ、怪《あや》しくないか？」

「………………は？」

思ってもみなかった発言に、眉を顰《ひそ》める。

「昨日、見たんだ。人目を避《さ》けるように、一人で森へ入っていくところを」

「……森へ？」

「お前も聞いていないんだな？」

聞いていない。どうして一人で、森なんかへ。

「昨日、イヴァンの手伝いからの帰りだと言うあいつと、ちょっと話をする機会があったんだ。それでその後、どうにも気になったからあいつの後を追ったんだが……そうしたら、森へ向かっていったんだ」

オスカーは声を落として続ける。

「あそこに勝手に入るのは禁止されているだろう。なのにコソコソ隠《かく》れて行くなんて、怪しくないか？」

確かに、先日もロザリアには森へ入らないよう強めに忠告してきたばかりなのに、どうして自分は入ったりしたのだろう。

「あそこには、闇の妖精がいる」

オスカーがいっそう声を落とす。

「お前も不審《ふしん》に思ったことはないか？　ここのところ起きている、妖精による傷害騒ぎ。これには闇の妖精が絡んでいるのではないかと」

「……それは、私も少しは考えたけれど」

「森に入っていくリュカを見かけたことで、もしやと思ったんだ。あいつ、闇の妖精とつるんでいるんじゃないか？」

「はあ⁉」

我を忘れて大きな声を出してしまった。だって、今の発言は聞き捨てならない。

「あなた、何を言っているかわかっているの⁉　リュカに対する侮辱《ぶじょく》よ！」

「何も考えなしに言っているわけじゃない」

「いいえ、考えなしよ。あなたも十分わかっているでしょうけれど、例え闇の妖精と知り合えたって、彼らに人を襲うよう指示をするなんてそう簡単には出来ないことなのよ。妖精の血族ならまだしも、リュカは違うわ。疑うならまずその家柄《いえがら》の人間を——……」

「昔からあいつは、とりわけ妖精たちから好かれやすい人間だろう。それなら言うことを聞かせるくらい、可能かもしれないじゃないか」

「それは、リュカがたまたま妖精に好かれる外見をしているからよ！」

食ってかかると、オスカーは首を横に振った。

「……それとは別に根拠《こんきょ》があるから言っているんだ。妖精たちから悪質な行為《こうい》を受けたのが誰なのか、考えてみろ。皆、お前と懇意《こんい》にしている者たちだ」

「なっ……」

オスカーの言う通りだった。彼を始《はじ》め、ルイスにミゲル、イヴァン。四人とも、学園内では数少ない、ロザリアと親しくしている面々だ。

「だから……なんだって言うの？」

「俺たちを面白《おもしろ》く思わない奴《やつ》が、妖精を使って嫌がらせをしているんじゃないか？」

「それでリュカを疑うと言うの？　言いがかりも甚《はなは》だしいわね」

「お前、あいつがどんな人間かわかっているだろう？　お前のためならなんでもするような男だぞ」

「そういう言い方はやめて。彼は私の従者なのよ。常に私のことを想って行動してくれるのは当然でしょう。それを妙な因縁《いんねん》をつけて疑うなんて、無礼にもほどがあるわ」

「全然わかっていないな。あれは面倒なタイプの男だぞ。あんな執着心《しゅうちゃくしん》の塊《かたまり》みたいな

「あなたにそんなこと言われる筋合いないわ！」

カッとなって声を張り上げると、オスカーが顔を顰《しか》めた。

「俺はお前のことが心配だから言ってるんだ！　お前は俺の婚約者なんだから！」

オスカーの叫《さけ》びに、ロザリアは勢いを削《そ》がれ、言葉に詰まってしまった。

「……きゅ、急に何を言い出すのよ」

「急じゃないだろう。昔からお前は俺の婚約者だ」

（いや、そりゃそうだろうけど、長年赤の他人扱いしてきたくせに何言ってるの⁉）

ロザリアが戸惑《とまど》う一方で、オスカーは真剣《しんけん》な表情で尚《なお》も言い募る。

「だから心配なんだ。いずれ王太子妃となるお前の傍についているのが、何を考えているのかわからないような奴だなんて」

（王太子妃ぃ⁉　待ってよ、なんでそんなに話が飛んでるの⁉　私あなたと結婚《けっこん》するつもりありませんけど⁉）

心中ではツッコミのオンパレードだったが、ひとまず納得《なっとく》いかなかった発言を訂正《ていせい》する。

「……どさくさに紛れて、リュカを貶《おとし》める発言をするのはやめてくれるかしら」

「お前もくどいな」

（こっちの台詞《せりふ》なんですけど！）

ロザリアのイライラが高まっていくのを見て、オスカーはこれ以上はただの押し問答《もんどう》になると思ったのか、一息《ひといき》吐いて話を切り上げた。

「とりあえず俺は忠告したからな。あと、近々正式に婚約発表の件について話が行くだろうから、待っていろ」

「え⁉　ちょっと何よそれ、聞いてない……」

だが、オスカーは踵《きびす》を返して立ち去ってしまった。

（……なんですって⁉　婚約発表⁉　ゲームではそんな話一回も出なかったんですが⁉）

あまりにも予想外の言葉が飛び出し、ただただ呆然《ぼうぜん》と立《た》ち尽《つ》くす。もう何が何やら、わけがわからない。

（……リュカを、捜《さが》さないと）

まずそう考え、ようやく足を動かす。

すると、廊下の角を曲がった先にリュカが立っていた。

「っ！　リュ、リュカ……っ」

リュカは口を真一文字に結び、硬《かた》い表情でロザリアを見ていた。

「やだ、戻ってきてたのね。今捜そうと……」

しかし、目が合った瞬間、先程《さきほど》のオスカーの話が頭を過《よぎ》ってしまった。

（……ううん。いくらなんでも、闇の妖精とつるんで誰かに危害を加えるようなこと、リ

ユカがするわけないじゃない。ロザリアの命令ならまだしも、自分からそんなことをする人じゃないわ。それくらいわかってる）

そうだ、オスカーはきっと見間違えたんだ。どこの誰かはわからないけれど、森に入って行ったのは、リュカに似た誰かなのだろう。

頭の中でそう結論付け、いつも通りリュカに声をかける。

「今日も先生の手伝いお疲《つか》れさま。こき使われたりしなかった？」

「……婚約発表とは、どういうことですか？」

硬い表情のままのリュカが、ロザリアの質問を遮《さえぎ》った。

「……聞いていたの？」

「……はい」

（嘘《うそ》っ、オスカーがリュカを疑ってる話も聞かれちゃった⁉）

「ど、どこから？」とロザリアは慌《あわ》てて問《と》い質《ただ》す。

「ロザリア様のお声が聞こえたので、何を話しているのだろうと思ったのです。そうしたら、オスカー様が婚約発表という言葉を……」

（――ということは、聞こえたのは最後のところだけ？　セ、セーフ？）

「そ、そう。それなら良かった……」

「何が良かったのですか？」

思わず安堵《あんど》の感想が口から飛び出てしまい、リュカが強い口調で責めてきた。

「婚約発表？　いつの間にそんな話になっているのですか？　私は知りませんでした」

（おおお、怒《おこ》ってる――!?）

いつになく機嫌が悪そうなリュカに、ロザリアはたじろいだ。

「違うのよ、あれはオスカーが勝手に……。私だって初耳だったんだから」

「貴女《あなた》はオスカー様との婚約を解消したいと仰った。……ですが、お気持ちが変わったとしても、私に責める権利はありません」

「だから、違うったら！」

「……本当ですか？　私に隠してお話を進めている、なんてことはないですか？」

「そんなわけないじゃない。私があなたに隠し事をするとでも思っているの？」

リュカが躊躇《ためら》う間を見せた。信じてもらえていないのかと思ったロザリアは、ついに我慢が出来なくなってしまった。

「……何よ、あなただって私に隠し事をしてるじゃないの！　オスカーが言ってたのよ、昨日森に入っていくあなたを見たって。どうして森へ行ったの？」

言ってしまった。自分こそ、リュカを疑うような発言を。

けれどこう言ったのは、否定してほしかったからだ。

（違うんでしょう？　あなたは私に隠れて行動なんてしないでしょう？　お願い、いつもみたいに違いますよって笑って――……）

「――そうですか。見られていたんですね」

「え……」

あまりにもあっけらかんと言われ、瞠目《どうもく》する。

「……本当に行ったの？」

「はい」

「なんの用が……あったの？」

「……ロザリア様には言いたくありません」

突然、足元が崩れていくような感覚に陥った。

「……何よ、それ」

「ロザリア様、もしかして私をお疑いなのですか？」

射るような視線と言葉が、グサリとロザリアの胸に刺《さ》さる。

「森へ行って、闇の妖精と会っている――そのようにお考えですか？」

「ち、違うわ」

「疑ってらっしゃるのでしょう。貴女は嘘を吐く時、胸の前で右手を固く握《にぎ》りしめる癖《くせ》があるのですよ」

慌てて視線を落とすと、リュカの言った通り、固く握りしめられた右手が胸元《むなもと》にあった。

「……リュカ、私はね」

「そうですね。闇の妖精と通じているかもしれない男よりも、不器用でも真っ直ぐな王子殿下《でんか》の方が、信頼《しんらい》に値《あたい》するに決まっていますね」

どこか投げやりにリュカは言った。

目の前にいる彼は、冷え切った目をしていた。まるで知らない男性のように感じた。

「……帰りの馬車を呼んできます」

ふい、と顔を背けたリュカは、そのまま振り返ることなく歩いていってしまった。

――リュカと気まずくなってしまった。

(ううっ……、どうしよう……!!)

先日の言い争い以降、リュカの態度が非常によそよそしくなってしまったのだ。

従者としての仕事はいつも通り完璧《かんぺき》にこなしてくれる。なんの問題もない。けれど、あの太陽のような眩《まぶ》しい笑顔を、もう長いこと見せてもらえていないのだ。

実際の経過日数は三日なのだが、ロザリアにとっては永遠とも思える時間だ。推しが愛《め》でさせてくれないなんて、死活問題である。辛《つら》い。辛すぎる。

正直、反省している。売り言葉に買い言葉とはいえ、信頼している従者を疑う発言をしてしまったのだ。そりゃあ、あの温厚《おんこう》で善良なリュカだって腹を立てるだろう。

(謝りたい、何万回土下座してでも謝りたい。でもリュカがそれを許してくれない！)

詫《わ》びようとするたび、上手《うま》いこと話を逸《そ》らされてしまうのだ。おかげで全く関係を修復出来ないまま、時だけが経っていく。

(今だって馬車を呼びに行ってくれてるけど、行く前にちゃんと目を合わせてくれなかったし……！　ああもう、なんであんなこと言っちゃったんだろう。そうだ、オスカーのせいよ！　あいつが余計なことを言うから！　絶対許さん!!)

オスカーに責任転嫁《てんか》してしまうくらい、滅入《めい》っていた。ツンツンと髪《かみ》を引っ張られていることにも、全く気付かなかった。

「おおい、ロザリア！　無視するなよぉ！」

耳元で大声を上げられ、ロザリアはようやく「ひゃっ」と反応した。

「な、何？　……ああ、ブラウニーね。どうしたの？」

一メートルほどの身長に茶色い服を纏《まと》った妖精が、ロザリアの髪を引っ張っていた。家付き妖精とも呼ばれる光の妖精、ブラウニー。学園に住み着いている彼らとも、お菓子《かし》をあげているうちに親しくなったのだ。

「まったく、さっきから呼んでるのによぉ。お菓子をおくれよ」

「ごめんなさい、ちょっと考え事をしていて。いつものビスケットでいいかしら？」

しかし、〝ビスケット〟と口にした途端、涙《なみだ》がぶわっと溢《あふ》れてきた。

「おい、どうしたんだよ⁉」

「な、なんでもないわ……。ただの条件反射だから……」

そのビスケットは、今日もリュカが焼いてくれたものだ。気まずい状態であるというのに、ロザリアの毎日のお菓子も妖精用のお菓子も、普段《ふだん》通り用意してくれている。その優《やさ》しさが嬉《うれ》しくもあり切なくもあり、考えるだけで涙が溢れてきてしまうのだった。

涙を拭《ぬぐ》いながら、ビスケットをブラウニーに手渡《てわた》す。

「なんだよ、あんたが元気ないと調子狂《くる》うなぁ。そういえばいつものあの金髪《きんぱつ》の男はどうしたんだ？　いつも一緒にいる……リュカだっけか？」

ウッ、と呻《うめ》いて、再び溢れそうになった涙を堪《こら》える。

「今度はなんだ⁉」

「その名前はね、今の私には禁止ワードなの……」

「はあ？　きんしわーど？」

妖精にそんなことを言っても通じるわけがない。気分が落ち込みすぎて思考すらまともに働かなくなっていたことを反省し、「気にしないで」と苦笑する。

「彼は今、帰りの馬車を呼びに行ってくれているだけよ」

「なんだ、そうなのか。この前もあの金髪が一人でその辺を歩いてるのを見たからさ、てっきり喧嘩《けんか》でもしてるのかと思ったよ」

「この前？　……一人で？」

「そうさ。フラフラ歩いてきたと思ったら、森に入ろうとしてたんだ」

「えっ⁉」

ブラウニーがビスケットを頬張《ほおば》りながらのほほんと発した言葉に、衝撃《しょうげき》が走る。

「リュカが森に入ろうとしていたところを、あなたは見たの？」

「ああ、でも少しだけ森の中を覗き込んでから、すぐに帰っていったよ。そりゃそうだ。だってあんたたちは、勝手に入るなって言われてんだろ？」

――すぐに帰っていった。

その言葉を心の中で繰り返す。

「……ええ、そうよ、そう……。――ねえ、その時彼は一人だった？　妖精が周りにいたりはしなかったわよね？」

「いなかったよ」

ブラウニーの返答に、安堵と――そして後悔《こうかい》が押し寄せる。

（……リュカは森に行っていない。闇の妖精と会ったりなんて、していない）

もちろん本気で疑っていたわけではないが、直後の彼の態度のせいもあり、信じ切れなかった自分がいた。

そんな己《おのれ》を心から恥《は》じる。

(私、本当に酷いことをしたんだわ)

自己嫌悪《けんお》に陥るが、続くブラウニーの言葉にさらなる衝撃が走った。

「まったく、森には勝手に入るなって言われてるのに、どうしてどいつもこいつも入ろうとするんだろうなぁ」

「……え？　待って、他にも森に入ろうとした人がいたの？」

「入ろうと……っていうか、入ってたよ。しょっちゅう来る奴がいるんだ」

何かとてつもなく重大なことを聞いている気がして、ぶるりと震《ふる》える。

「ねえ、その人が誰なのかわかる？」

「知らねえよ。俺は話したことがないし」

「じゃあせめて、特徴《とくちょう》とか……」

しかし、返事を聞く前にリュカが戻ってきてしまった。

「ロザリア様、遅《おそ》くなって申し訳ありません。馬車の準備が整いました」

「あ……、ええ」

やはり、真っ直ぐ目を見てくれない。どこか他人行儀《たにんぎょうぎ》な態度に胸がチクリと痛む。

(ちゃんと謝らなきゃ)

馬車に乗ったら話をしよう。でもその前に、ブラウニーから話の続きを——そう思った時、甲高《かんだか》い声が耳に飛び込んできた。

「あーっ、ロザリアいたー！」

花びらを舞《ま》い散《ち》らせながら飛んできたのは、ヒナギクの花の精だった。

「大変よ、あっちで人間が襲われてるの！」

「えっ⁉」

こっちよ、と言われ、後を追う。リュカが止める声が聞こえたが、「ごめん」と心の中で謝り、小妖精が導く方へ一目散に駆けていく。

辿《たど》り着《つ》いたのは庭園の外れ、森の入り口のすぐ傍だった。

「オスカー！　サラ！」

視線の先では、大きな黒い馬が二人に襲いかかっていた。

（あれは……、プーカ！）

プーカは闇の妖精だ。作物を枯《か》らすことを好み、馬の姿で人を騙《だま》して襲いかかる妖精である。

「やめなさい！」

咄嗟《とっさ》に、常備していた魔除《まよ》けのナナカマドの枝を投げる。だが、プーカが発した黒い魔《ま》力《りょく》にいとも簡単に薙《な》ぎ払われてしまった。

(枝じゃ駄目だった！　あーもう、小さい妖精相手なら効いただろうに！)

森の外でこんなに大きな闇の妖精と遭遇《そうぐう》する羽目になるとは思わなかったので、ちょっとした魔除けしか持ち歩いていなかったことを後悔する。

今にも飛びかかろうと構えるプーカから守るように、オスカーが真っ青な顔のサラの前に立つ。

――なんとかして、助けないと。

そう思った時にはもう、落ちていた小枝を拾い、自分の腕に刃《やいば》のように突き立てていた。

「ロザリア様⁉」

焦ったようなリュカの声が聞こえたが、構わず小枝を握る手に力を込める。

(この身に流れる妖精族の血は、妖精への影響《えいきょう》力を強く持っている――それならば)

「プーカ！　その人たちから離れなさい！」

声を張り上げて、血が滴《したた》る腕をプーカに見せつけるように翳《かざ》した。

血の香《かお》りに誘因《ゆういん》効果があったのだろう。思惑《おもわく》通り、プーカの目がロザリアを捉《とら》えた。

(この隙《すき》に逃《に》げて、お願い！)

――私に気を取られているうちに。

プーカがゆっくりと蹄《ひづめ》で地面を掻《か》く。飛びかかろうとしている動作が、やけにゆっくり感じられた。

その時ロザリアは、浅はかな行動をしてしまったと思い至ることが出来なかった。

二人を助けなきゃという考えしか頭になく、自分のことを二の次にしてしまった。

それを、彼が黙って見過ごすわけなんてないはずなのに。

自分のどうしようもない愚《おろ》かな判断に気付いたのは、見知った大きな背中が目の前を覆《おお》った瞬間だった。

「…………え」

ドスッ、と嫌な音がしたかと思うと、その身体《からだ》が頽《くずお》れた。

「――……っ、リュカ!!」

倒《たお》れたリュカを抱え込む。息はあるが、プーカの蹄の攻撃が直撃《ちょくげき》したせいか、腹の辺りに黒い魔力を受けた痕跡《こんせき》がある。その力がリュカを覆っていくのを感じた。

目の前が真っ暗になる。いや、精神的なものだけではなく、実際にそうだった。

ゆっくりと顔を上げると、プーカの黒い全身が、ロザリアとリュカを見下ろすように立ちはだかっていた。

「……よくも、リュカを……」

涙が滲《にじ》んで視界がぼやけていく。罵《ののし》ろうにも、声が震えて言葉にならない。

プーカがトドメを刺そうと後ろ脚で立ち上がった。

「――……っ！」

だが、覚悟《かくご》していた前脚は落ちてこなかった。

辺り一帯を眩《まばゆ》い光が包み、それを浴びたプーカは嘶《いなな》きと共に消えてしまったのだ。

ぼやける視界の向こうから、光に包まれた少女が駆けてくるのが見えた。

(……サラ)

「ロザリア様、ごめんなさい。こんな日に遭わせてしまってごめんなさい」

サラが泣きながらリュカの身体に手を翳す。

「応急処置です。絶対に助けます。……本当に、ごめんなさい」

光に包まれ、リュカの腹から少しずつ黒い靄《もや》が消えていく。

正ヒロインの隠された力だ、とゲームのシナリオがぼんやりと頭に浮かぶ。

けれどロザリアは、ゲームの重要な局面を迎《むか》えたことよりも、リュカのことが心配で堪《たま》らなかった。

リュカのこと以外、何も考えられなかった。

第五章 それはシナリオにはない物語

夜空に月が昇《のぼ》ってから、だいぶ経《た》った深い時間。静寂《せいじゃく》が広がる部屋で、寝台《しんだい》の前に座り、ロザリアは深く反省をしていた。

目の前には、昏々《こんこん》と眠《ねむ》り続けるリュカ。プーカの襲撃《しゅうげき》を辛《から》くも逃《のが》れたロザリアたちは、騒《さわ》ぎに駆《か》けつけた教師や野次馬の生徒たちの好奇《こうき》の目を避《さ》け、医務室に駆け込んだ。

ロザリアの腕《うで》の出血は大したこともなく、大きなダメージを受けたのはリュカだけだった。応急処置は済んでいるのでそのうち目覚めるだろう、と言われたが、いまだ目を覚まさない彼を前に、不安は増すばかりだった。

「私のせいで、ごめんなさい。……ごめんなさい」

きゅ、とリュカの手を握《にぎ》る。どうか握り返して、と願いながら。

「私が無茶なことをしたせいで……。苦しいわよね、痛かったわよね。ごめんね、リュカ」

リュカのことを疑ったり、こうして怪我《けが》を負わせてしまったり。最近のロザリアの行動はどれも裏目に出るばかりだ。

何が、『リュカの未来を守る』だ。聞いて呆《あき》れる。

「……やっぱり、私にはあなたを救うことなんて、出来ないのかしら」

思考がどんどん塞《ふさ》ぎがちになり、つい弱気な言葉が口から出てしまう。

(だってここは、どう足掻《あが》いても《おといず》の世界なんだもの)

ロザリアは悪役令嬢《れいじょう》というポジション。たった数ヶ月で汚名《おめい》返上しようとしても、積み重ねてきた過去が消えてなくなるわけではない。どんなにサラや妖精《ようせい》と仲良くしようとも、限界があるのかもしれない。

悪役令嬢がどれだけ頑張《がんば》ったところで、たった一つの希望、オスカールートのハッピーエンドに導いて、リュカを助けることなんて出来ないのだろうか。自分にそんな力はないのだろうか。

折れそうな心を抱《かか》えながら、胸の内を吐《は》き出《だ》していく。

「それでもやっぱり諦《あきら》めたくないの。あなたには明るい未来を生きてほしいの。もうあなたを傷つけるようなことなんてしないわ。……お願いよ、目を開けて」

リュカの手をさらに強く握る。すると、弱々しい力で握り返された。

「――リュカ⁉」

ガタン、と椅子《いす》を倒《たお》して立ち上がる。

顔を覗《のぞ》き込《こ》むと、リュカがうっすらと瞼《まぶた》を開いた。萌黄《もえぎ》色の輝《かがや》きが、ゆっくりとロザリアを捉《とら》える。

「リュカ……っ！」

「……ロザリア様」

消え入りそうな声で、リュカがロザリアの名を呼んだ。

「リュカ……、良かった……」

「腕の……お怪我は……」

「私の方は大丈夫《だいじょうぶ》よ。とっくに血も止まっているわ」

「……そうですか。ご無事で……何よりです……」

ふにゃ、と蕩《とろ》けるような笑顔《えがお》を向けられ、泣きたいような気持ちになった。

いろんな感情が一気に湧《わ》き上《あ》がってきたが、何よりも目を覚ましてくれて良かったと、確かな安堵《あんど》に胸が熱くなる。

「リュカ、ごめんなさい。私のせいでこんな目に遭《あ》わせて」

「……本当ですよ」

リュカが力なく笑う。非難されるのかと思ったが、口調は柔《やわ》らかだった。

「最近の貴女《あなた》は、何をしでかすかわからない。困ったものです」

「……反省してるわ、今回は特に」

「そんな顔をなさらないでください。私だって、貴女のお気持ちを乱すようなことをしてしまったことを、謝らなければならないのですから」

先日の言い争いのことを言っているのだろう。しかしあの時のことは、ロザリアに非があるのだ。

「あれだって私が悪かったわ。あなたを疑ったり、カッとなって責めてしまったりして。嫌《いや》な気持ちにさせたわよね」

「……確かに、疑われたことはショックでしたね」

リュカが苦笑《くしょう》する。ロザリアは胸の痛みを感じながら謝罪を続けた。

「あなたを疑うなんてこと、しちゃいけなかった。冷静に考えればわかるはずだったのに。リュカが私に黙《だま》って、闇《やみ》の妖精と通じることなんてないって」

ロザリアは信頼《しんらい》の気持ちを込め、真摯《しんし》な瞳《ひとみ》をリュカに向けた。

「何があってもあなたは私の大切な存在なの。オスカーの言葉を鵜呑《うの》みになんてしないで、あなたを信じるべきだったわ」

「……ですが、言ったでしょう？　森へ行ったのは事実だと」

「あなたの姿を見かけたという妖精から聞いたわ。すぐに帰っていったって。それに、全く別の人が森に入って行くのを見たとも言っていたの。……それが誰《だれ》かまでは、わからなかったのだけれど」

「そう……なんですね」

リュカが一瞬《いっしゅん》、眉間《みけん》に皺《しわ》を寄せた。

「リュカ？」

「……いえ、なんでもありません。それより、ちゃんと謝罪をさせてください。このような時に一人で森へ行くなど、軽率《けいそつ》すぎる行動でした。貴女に誤解されるのも仕方のないことです。申し訳ありませんでした」

起き上がった彼にかしこまって頭を下げられ、慌《あわ》てて顔を上げさせる。

「だからもういいってば。今回のことはもう、おあいこにしましょう」

しかし、リュカは思《おも》い詰《つ》めた表情を崩《くず》さない。

「……ロザリア様。私はまだ、大きな隠《かく》し事《ごと》をしているのです」

「え？」

「今までわけあって話せなかったことです。ですが、今回のことで貴女に隠し事をするべきではない——したくない、と思いました。ですから、聞いていただけますか？」

真剣《しんけん》な眼差《まなざ》しから目を逸《そ》らせず、ロザリアは座ってこくりと頷《うなず》いた。

リュカは一呼吸置いて、窓の外に視線を巡《めぐ》らせた。遠くを見るように目を細め、静かな口調で語り出す。

「……覚えていますか？　私たちが初めて会った日のことを」

目を閉じ、ロザリアも記憶《きおく》の扉《とびら》をそっと開く。

「……覚えているわ。私が七歳、あなたが九歳の時だったわよね」

「はい。——あの日、貴女が私に手を差《さ》し伸《の》べてくださり、私は救われました」

十年前のあの日。二人の出会いは、少し特殊《とくしゅ》なかたちで訪《おとず》れた。

由緒《ゆいしょ》あるフェルダント公爵《こうしゃく》家の一人娘《ひとりむすめ》が、ある孤児を拾ったことから、二人の関係は始まったのだ。

「あの日の私は、酷《ひど》い有り様でした。ボロボロの泥《どろ》まみれの状態で、路地裏に転がっていて。道行く人が皆《みな》、私を見ないように通り過ぎていくのを、霞《かす》む意識の中で見ていました」

「たまたま、近くをうちの馬車が通りかかったのよね。大通りを走っていたら、突然《とつぜん》馬車の中に小妖精が飛び込んできたのよ」

当時は我儘《わがまま》で妖精嫌《ぎら》いのロザリアだったため、もちろんその妖精を煙《けむ》たがった。だがその妖精が随分《ずいぶん》と慌てた様子だったため、同乗していたルイスが話を聞いてやったのだ。

「人間の子どもが死にかけてる、助けてあげてって。妖精が案内する場所へ馬車を走らせたら、あなたが倒れていたのよ。……今思えば、あの頃《ころ》からあなたは妖精に好かれやすかったのね。助けを呼びに来たあの妖精、とても必死だったもの」

リュカは物悲しそうに目を伏《ふ》せた。

「好かれやすい——、そうですね。生まれた時からそうだったのでしょう」

そして、顔を上げて真《ま》っ直《す》ぐロザリアを見つめた。

「ロザリア様、どうして私があの時路地裏に倒れていたのか、ちゃんとお話ししていませんでしたね」

「ご両親と一緒《いっしょ》に夜盗《やとう》に襲《おそ》われて、あなただけが助かった……と言っていたでしょう？」

「いいえ、それは嘘《うそ》なんです。私の両親は、グランド伯爵《はくしゃく》夫妻。今も健在です」

「…………え？」

初めて聞く事実に、息を呑《の》む。グランド伯爵家。特段付き合いがある家ではないが、名家のうちの一つとして名を聞いたことはある。

（……リュカは、没落《ぼつらく》した元貴族の出身だって……そういう設定だったはず）

なのに、今も健在の伯爵家の嫡男《ちゃくなん》だった？　その上、孤児として路地裏に倒れていた？

頭が追いつかなくて黙ってしまったロザリアに、リュカは頭を垂れる。

「今まで黙っていて申し訳ありません。どうしても、出自を隠したかったのです」

「……どうして？」

「出自を明かせば、私があの時路地裏にいた理由を、話さなくてはならなかったからです」

そしてリュカは、深く息を吸ってから言葉を絞《しぼ》り出した。

「私は実の家族から捨てられ、あの場にいました。……私が、〝取《と》り換《か》え子〟に遭った子どもだったからです」

言葉を失った。

〝取り換え子〟――それは、妖精が自分の子どもと人間の子どもを取り換えていく現象のことを言う。狙《ねら》われるのは主に生まれたての赤子で、すぐに取り返すことが出来なければ、その子どもは永遠に妖精の元に囚《とら》われてしまうと言われている。

伝承としては知っていた。けれど、実際に身近で取り換え子に遭った人はいない。そうそう起こらないことなのだ。何しろここは妖精と共存する世界。彼らと上手《うま》く付き合えてさえいれば、取り換え子に遭うこと自体、防げるはず。

それでもごく稀《まれ》に、被害《ひがい》に遭う人がいることは知っていた。そして、無事に取り戻《もど》された場合の赤子の行く末も。

(――取り換え子は、縁起《えんぎ》の悪い子として……忌《い》み嫌《きら》われる)

例え元の家に戻ってこられても、一度妖精に攫《さら》われてしまったというだけで、なぜか差別されてしまうのだ。昔からその思想があるようで、人の暮らしの中で『取り換え子は迫《はく》害《がい》するもの』という意識が染《し》みついてしまっているらしい。

妖精と婚姻《こんいん》を結び子孫を残す家もあるくせに、『攫われた』事実がよろしくないのか、取り換え子だけはどういうわけか迫害の対象になってしまうのだ。

リュカが、その取り換え子だったなんて。

「念のためお伝えしますが、私は取り換え子に遭ったただけで、妖精ではなく人間です。赤子の時に攫われたのですが、乳母《うば》が連れ戻しに来てくれました。幸いなことに、その人は妖精を見る力を持っていたのです」

ですが、とリュカは再び目を伏せた。

「取り換え子のその後は、貴女もご存知の通りです。家族からは忌み嫌われ、虐《しいた》げられて。乳母だけは私のことを、『妖精に好かれやすいだけだったのだ、気にしなくていい』と支えてくれましたが、彼女がいなかったらとっくの昔に私は死んでいたでしょう」

リュカが一つ、重い溜《た》め息《いき》を吐《つ》いた。

「……その乳母も私が九歳の時に病死し、ついに私の周りには守ってくれる者がいなくなりました」

周囲の人間全てが敵。それはどんなに過酷《かこく》な環境《かんきょう》だったことだろう。恵《めぐ》まれた環境で育った自分には想像出来ない。ロザリアは込み上げてくる涙《なみだ》を必死に堪《こら》えた。

「伯爵家の体面を保つため、私は存在ごと隠されて育ちました。しかし、もう隠し通すのも限界だと両親は思ったのでしょう。幸い、私には兄が二人おりましたし、不要となった私はグランド家を追い出されたのです。そうして、あの路地裏に転がることになりました」

あまりにも残酷《ざんこく》な話だ。ロザリアの手が震《ふる》えていることに気付いたのだろう、リュカがそっと撫《な》でてくれた。

「自分には何もなく、ただ死ぬ時を待っている状態でした。……そんな私の目の前に、貴女が現れた」

きゅ、とリュカがロザリアの手を優《やさ》しく包む。

「美しい顔に美しいドレスのお姫様《ひめ》。最初は、ついに天からの迎《むか》えが来たのかと思いました。けれどそのお姫様に声をかけられ、これはまだ現世での出来事なのだと気付きました」

大袈裟《おおげさ》ね、といつものように軽く返すことが出来なかった。リュカの表情は、それくらい真剣で、思い出を懐《なつ》かしみ、慈《いつく》しむようなものだったから。

「貴女は泥だらけの私の肩《かた》を揺《ゆ》さぶり、大丈夫かと声をかけてくれました。明らかに良家のお嬢様《じょうさま》といった様子の少女の手を汚《よご》させてしまったことを、申し訳なく思ったのを覚えていますよ」

あの時の自分の感情は、ロザリアの記憶としてしっかり残っている。

普段《ふだん》の自分なら絶対に目を背《そむ》けていたはずだ。その頃にはすでに〝美しいもの〟へのこだわりを強く持っていたため、路地裏で倒れている汚れた子どもになんて、手は伸ばさないはず。

なのにその時だけは、なぜか無視出来なかったのだ。

『――しっかりしなさい。目を開けて。私がわかる？　こんなところで死んだら駄目《だめ》よ』

そう言って、リュカを起こした。ルイスや同行していたメイドが慌てふためいていたのを覚えている。

「今思うと、あんなにボロボロで汚れきっていた子どもに、よく手を差し伸べてくださいましたね」

ロザリアのあの行動は、リュカにとっても不可思議なことだったろう。思わずといった様子で噴《ふ》き出《だ》したリュカと一緒に、ロザリアも笑う。

「どうしてかしらね。見た目なんて気にならなかった。絶対に助けなきゃと思ったのよ」

「その声によって、私の視界が晴《は》れ渡《わた》りました。それだけではありません。貴女は私の目を見て、綺麗《きれい》だと言ってくださった」

『――綺麗な瞳ね。優しい緑の色だわ』

「それから泥がこびりついた髪《かみ》に触《ふ》れ、髪も綺麗だと笑ってくださった」

『――髪もとっても綺麗だわ。汚れを全部落としたら、お日様みたいにキラキラ輝くに違《ちが》いないわ！』

「こんな醜《みにく》い姿の自分に、貴女は花が咲《さ》くような笑顔を見せてくださった。……それがすごく嬉《うれ》しかった」

重なる手に、力が込められる。

「その後、周りの反対を押し切って屋敷《やしき》に連れ帰ってくれましたね。身を清めてきちんとした服を着させてもらって、もう一度お会いした時になんと言ってくださったか、覚えていますか？」

ロザリアはふふ、と笑った。

「『ほおら、私の言った通りだったでしょ！　とっても綺麗だわ！』……でしょう？」

「はい」

リユカも嬉しそうに笑《え》みを零《こぼ》した。

「そして貴女は、見ず知らずの孤児を自分の傍《そば》に置く、とご両親に進言されました」

当時の周囲の反対はかなりのものだったので、忘れることが出来ない。リュカの没落貴族の息子《むすこ》であるという自己申告《しんこく》や、何をさせてもマナーが完璧《かんぺき》だったことから、なんとか屋敷の人間を説《と》き伏せたのだ。

（まあ、ロザリアではなく、全部リュカの実力のおかげなんだけどね）

ただの子どものロザリアの言葉だけでは、誰も納得《なっとく》させられなかっただろうから。

「あれよあれよと話が進むので、最初は夢でも見ているのではと思いました。けれど貴女が目の前で笑ってくれるたび、現実なのだと噛《か》みしめられました。……そして、自分は一度死んだようなものだと言った私に、新しい名前を与《あた》えてくれました」

『――あなたは髪も瞳もぜーんぶキラキラしているから、これからは〝光〟という意味のリュカと名乗りなさい！』

――覚えている。この名前こそ相応《ふさわ》しい、と自信たっぷりに提案したのだ。

「……嬉しかったです、本当に。絶望しかなかった世界に、光が射《さ》したように感じました。貴女こそ、私にとっての〝光〟であると」

ロザリアの大好きな優しい萌黄色の瞳が、真っ直ぐに向けられる。

「貴女に助けられ、名を与えていただいたあの時から、私は生まれ変われました。貴女は私の命の恩人であり――誰よりも大切な方なのです」

「リュカ……」

「だからこそ、取り換え子に遭った過去を知られたくなかったのです。貴女に突《つ》き放《はな》されるのが怖《こわ》かった。失いたくないと思った。……なので黙っていました。本当に、申し訳ありません」

深く下げたリュカの頭を、そっと抱《だ》きしめる。

「そんなことであなたを突き放すわけないでしょう。十年前のあの日から、私にとってもあなたは誰よりも大切な人なんだから」

それは、ロザリアの心の奥底から出てきた気持ちだった。

「それにね、あなたには責任を取ってもらわなきゃいけないくらいなのよ。あなたがあんまり甘やかすから、こんな我儘令嬢になっちゃったじゃないの」

「我儘だとは思いませんよ。貴女はいつも自分に素直《すなお》で、何にでも真っ直ぐ行動する。人の顔色ばかり見て育ってきた私の目には、貴女がとても眩《まぶ》しく映ります」

「……それをね、甘やかしてるって言うの。なんでも褒《ほ》めちゃ駄目よ。……そんなだから、あなたがいないと生きていけない、駄目な人間になっちゃうわ。どうしてくれるの」

「それは……困りましたね。私の人生を懸《か》けて、お返ししていかないと」

また二人して噴き出し、その笑い声は柔らかくなった空気に溶《と》けてゆく。

「ロザリア様、もう一つ白状しておきたいことがあります」

「なあに？　まだあるの？」

「私は、このところ貴女が変わっていくことが怖かった。貴女がどこか、遠い存在になってしまうようで。私を一番に置いてくれているこの関係性が、壊《こわ》れてしまうようで」

「……馬鹿《ばか》ね。私の最優先は、いつだってリュカなのよ。いい加減わかってちょうだい」

はい、と笑うリュカの表情からはもう、翳《かげ》りが取り払《はら》われていた。

伸ばされた彼の腕が、そっとロザリアの背に回る。

「私にとっても貴女が最優先です。ですから、次はこのような格好悪い姿を見せることなく、一人の男として、しっかりと貴女を守り切ります」

――一人の男として。

その言葉がロザリアの胸に甘く広がっていく。

(……私も、一人の女として)

好きなのだ。リュカのことが。

推《お》しだけど、それだけではなくて。

一人の男性として、溢《あふ》れる気持ちを抑《おさ》えられないくらい、好きで好きでしょうがないのだ。

薄々《うすうす》わかっていたことなのに、この瞬間《しゅんかん》ようやく胸の底にストンと落ちたように感じた。

ロザリアも彼の背中に腕を回し、抱きしめ返した。

「約束よ。ずっと傍で、私を守ってちょうだい」

(だから私も、必ず守る。何があっても、あなたを死なせたりなんかしないから……!)

リュカの腕に込められた力が、さらに強くなった気がした。

翌日の学園内の空気は、妙《みょう》にざわついていた。

いろいろな所で、ヒソヒソと内緒話《ないしょばなし》をしている光景を目にする。

もしや自分の陰口《かげぐち》では、と一瞬焦《あせ》りもしたが、どうやらロザリアは関係がなさそうだったので安心した。

(……いや、無関係ってわけではないかもね)

ロザリアが事態を把握《はあく》したのは、一日も半分過ぎた、昼食の時間であった。

「……嫌な感じね」

食堂の奥、リュカが用意した席に腰《こし》を落ち着けたところで、ロザリアは不満げに呟《つぶや》いた。

ロザリアと、それから食堂にいる大勢の生徒の視線の先には、サラが一人で縮こまって座っていた。

リュカがそっとロザリアに問いかける。

「噂話《うわさばなし》が聞こえましたが、ベネットさんには特殊な力があるのですか?」

「そうね。昨日、プーカに襲われて魔力《まりょく》のダメージを受けたあなたに、彼女が応急処置を施してくれたと言ったでしょう? それだけじゃなく、あの子はプーカを追《お》い払った。闇の魔力を追い払い、癒《いや》す力——それが彼女の特殊な力、〝妖精女王の加護〟よ」

リュカが息を呑んだ。

「それは……彼女が妖精女王の関係者である、ということになりますか?」

「飲み込みが早いわね。端的《たんてき》に言えばそういうことになるでしょう」

「しかし、そんなことがありえるのですか？　かの妖精女王と言えば、もう何百年も人との関わりを持っていないという、伝説の存在ではないですか」

妖精女王ティターニアは、エルフィーノ王国の建国時に最も助力したと言われている妖精だ。妖精の中でも位が一番高く、強大な力を持つという。

けれど彼女は、今や人前には姿を現さず、妖精しか暮らすことの出来ない特殊な領域でずっと暮らしているのだそうだ。

そんな伝説的な妖精の血を引く人間。それが《おといず》のヒロイン、サラなのだ。

（信じられないでしょうけど、本当なのよね。ゲーム終盤《しゅうばん》でわかるようになってる、公式設定なんだもの）

そしてその力は、昨日の一件で学園中に知れ渡ることになってしまった。さすがに血縁《けつえん》者であることまでは、本人はおろか周りの誰もまだ知らないだろうが、いずれにせよ妖精女王と関わりを持つ人間なんて、稀有《けう》な存在であることには違いない。

そのため、皆の好奇の目がサラに向けられてしまっているのだ。

（可哀相《かわいそう》だけど、私はここでは動けない。……なぜならこれは、ゲームの重要イベントだから！）

後から思い出したのだが、昨日ロザリアたちがプーカに襲われたのも、シナリオにある展開だったのだ。

ゲームではプーカではなく他の闇の妖精だったし、それを仕掛《しか》けたのはロザリアだったという設定だが、攻略《こうりやく》対象とサラが狙われ、そこでサラが満を持して加護の力を発動する——というイベントがあったのだ。

(そもそも自分がけしかけたわけじゃないし、リュカのこともあっていろいろ混乱してたから、ゲームのイベントと同じだって気付かなかったのよね……)

まあそれはもう過ぎたことだし、リュカとも仲直り出来たので問題ではない。

そう、問題はここからなのだ。

(シナリオ通りにいけば、この時点でヒロインの好感度が一番高い攻略対象が、皆の視線からサラを守るように彼女を連れ去るのよ。そこから後は、そのキャラとのエンディングに向けて一直線！……というわけで、頼《たの》んだわよオスカー！)

離《はな》れたところにいるオスカーと、サラに視線を送り続ける。リュカが食事を運んできてくれたが、イベントの行方《ゆくえ》が気になって手をつけられない。

しかし、いくら待ってもオスカーは立ち上がらない。刻々と時間だけが過ぎていく。

(ちょっとオスカー、何してるの？　早く！　サラが可哀相でしょ！)

ギリッと睨《にら》むような視線を送るが、彼はサラを気にする素振《そぶ》りを見せているくせに座ったままだ。もしや他の攻略対象が行くということも起こり得るのか、と内心焦るが、ルイスもイヴァンもミゲルも同じく動きがない。

（……どうなってるの？　一番好感度が高いのはオスカーじゃないの？　誰なの？）

わけがわからなくなってきた。このままだとゲームが進まない。

（この場合どうなるの？　そんなルートなかったから、全く予想出来ないんだけど……）

その時、チラリとサラがロザリアの方を見た。今にも泣き出しそうな不安げな彼女と目が合い、良心が疼《うず》いてしまう。

（ああ、もう！　オスカー何してるのよ！）

もう一度オスカーに目を遣《や》ると、彼が気遣《きづか》わしげにこちらを見ている姿が目に入った。

（ちょっと、こっちじゃないわよ！　サラを見て！　なんで私を……んん？）

もしかして、とロザリアはある可能性に気付いた。

（――婚約者《こんやく》の私がいるから、遠慮《えんりょ》して助けに行けないとか……!?）

ありえる。心はサラに動いているのに、ロザリアがこの場にいて大勢の人の目もある中で、あんな注目を浴びる場所へ堂々と突っ込んではいけない、ということかもしれない。

（本来ならロザリアのことなんかいてもいなくても無視するはずだけど、ゲームと違ってちょっとした友人関係みたいになっちゃったもんね。この微妙《びみょう》な溜めが彼なりの配慮《はいりょ》なのだとしたら、この関係性を築いてしまった私にも問題があるわ）

そう思ったロザリアは、ガタン、と音を立てて席を立った。

そのままオスカーの元へ行く。一瞬怪訝《けげん》そうな表情をした彼に、あえて微笑《ほほえ》みかける。

「オスカー、一緒に昼食をどうかしら」

この場の空気にそぐわぬ呑気《のんき》な誘《さそ》いに、オスカーは面食らったような顔をしたが、戸惑《とまど》いながらも頷いた。

そんな彼を連れて、今度はサラの元へ近づいていく。生徒たちが何事かと注目してくる中を、堂々と。

「サラさん。ここは空気が悪いから外で食べようと思うのだけれど、あなたも一緒にどうかしら？」

サラの顔がぱあっと明るくなった。うっすらと涙も滲《にじ》んでいる。

「……は、はい！　ぜひ！」

「良かった、それでは行きましょう。リュカ、二人の分も食事をお持ちして」

「かしこまりました」

完璧に礼をした従者を背に、ロザリアはオスカーとサラを促《うなが》して食堂を出て行った。生徒たちの気まずそうな視線をものともせず、顔を上げて。

(よし！　これでイベントクリア！)

自分が間に入ってしまったが、やむを得なかったことだ。攻略対象キャラのオスカーがサラを連れ出したことにはなるし、問題ないだろう。

黙り込んだままのサラとオスカーを連れて、中庭まで歩く。

ベンチに腰掛《こしか》けてリュカを待っていると、サラがわっと泣き出してしまった。

（そうよね、あんなふうに注目されたら辛《つら》いわよね）

ヒロイン視点でプレイしていた自分だから、サラの心情は理解出来る。

妖精が見えるからと突然貴族だらけの学園に編入させられ、ろくに知識もない妖精について学ばされる。ゲームではここに意地悪ばかりしてくる悪役令嬢ロザリアも登場するし、頼《たよ》りになるのは攻略対象だけなのだ。その彼らが率先《そっせん》して助けてくれなかったら、サラにとってここでの生活は苦痛でしかないだろう。

（ごめんねサラ。オスカーがスマートに助けに行けなかったのは私のせいなのよ。もうこんなことにはならないよう気をつけるからね）

背中を撫でてあげていると、嗚咽《おえつ》を漏《も》らしながら、サラが切れ切れに話し出した。

「ロ、ロザリア様……、すみません。あ、ありがとうございます……っ」

「いいのよ、あなたが気にすることではないわ。悪いことをしているわけではないのだから、堂々としていなさい」

確かこれは、連れ出してくれた攻略対象が言ってくれる台詞《せりふ》だった。口にしてから気付いたが、オスカーは泣き出してしまったサラに戸惑っていてそれどころじゃなさそうだったので、致《いた》し方ないと思うことにする。

「う、うわーん、ロザリア様本当に優しい……！」

さらに声を張り上げ、ついにはロザリアに抱き着いて泣き始めてしまった。宥《なだ》めていると、三人分の食事を運んできたリュカが、ようやく到着《とうちゃく》した。

状況《じょうきょう》を把握し、ロザリアにしがみつくサラを見て眉《まゆ》を顰《ひそ》める。

ロザリアは「いいのよ」と手振りで示したが、その後もリュカは、なぜだかサラに対して厳しい目を向け続けていた。

第六章　エンディングは泉のほとりで

（――ついにこの日がやって来てしまった）

エルフィーノ王立学園、妖精《ようせい》学の一学期期末試験。《おといず》の最終イベントである。

（今日迎《むか》える結末によって、リュカの未来が決まる……！）

そして、自分の未来もだ。

推《お》しとしてだけでなく、一人の男性としてもリュカが好きなのだと自覚して以降、ロザリアの心境には大きな変化が生じていた。

それまではリュカを生き延びさせる未来だけを目指し、自分はどうなってもいいと思っていた。けれど今は、自分もリュカと共に生きていきたいと思うようになっている。

（オスカーのハッピーエンドなら、二人揃《そろ》って国外追放。それ以外のエンディングなら、二人揃って処刑《しょけい》。つまりはこの最終イベントに懸《か》かっているのよ……！）

唯一《ゆいいつ》不安要素が残るとしたら、闇《やみ》の妖精の動向だ。これがどう関わってくるかで、全てが台無しになる可能性も否定は出来ない。

（いやいや、弱気になってどうするのよ。もうここまで来たらやるしかないんだから！

目指せ最良エンディング!!)

気合を入れて、制服に着替《きが》える。どうか、望む結末に辿《たど》り着《つ》けますように、と強く願いながら。

「それでは、期末試験の内容を説明しますね」

イヴァンの声に、中庭に集められた生徒たちが、緊張《きんちょう》した様子で背筋を伸《の》ばす。

「皆《みな》さんには今からペアを組んで、特別に作られた試験会場に入り、迷路《めいろ》を進んでもらいます。その中で妖精たちと交渉《こうしょう》し、彼らからゴールへ進むためのヒントを受け取っていってください。集めたヒントを頼《たよ》りに進み、ゴールへ辿り着くことが出来れば試験は合格となります」

(大体は、《おといず》のイベントと同じ内容ね)

しかし、大きく異なる点もある。

「本来は学園敷地《しきち》内の森を試験会場としているのですが、近頃《ちかごろ》闇の妖精が頻繁《ひんぱん》に活動している可能性がある、と報告が上がっているので、今回はこのように、森と酷似《こくじ》した作りの別の場所を設けました。光の妖精に協力してもらって作ったので、皆さんに危害が加えられることはありませんから安心してください。ゴール地点と中継《ちゅうけい》地点、各所には我々教師がいますし、何かあったら先程《さきほど》配った笛を吹《ふ》いてくれれば駆《か》けつけます」

結局、妖精の悪戯騒《いたずらさわ》ぎが解決しないまま試験日を迎えてしまったので、特別措置《そち》を取ることになったそうだ。プーカの件で生徒たちの不安も増していたから、当然の配慮《はいりょ》だろう。

「皆さんは今学期、授業を通して妖精の基礎《きそ》知識を学び、交流の仕方を学んできました。妖精への思いやりを忘れず誠実に接すれば、彼らは応えてくれるでしょう」

説明が終わり、生徒たちが各々《おのおの》ペアを組み始める。

（さて、ここからが肝心《かんじん》よ）

ゲームではロザリアが悪事を働く最後の場面となる。サラは自動的に最も好感度が高いキャラと組むことになるのだが、サラへの恨《うら》みつらみを募《つの》らせたロザリアが、リュカを伴《ともな》ってサラたちを追っていく。その先で、事前に話をつけていた闇の妖精にサラたちを襲《おそ》わせるのだ。

（ここでのロザリアは最後だからとなりふり構わず、攻略《こうりゃく》対象共々痛めつけてやろうとめちゃくちゃなことをするのよね。まさに悪役令嬢《れいじょう》の最後の足掻《あが》き、といった感じに）

だがもちろん、その企《たくら》みはサラと攻略対象の応戦により、潰《つい》える。

その後はエンディングだ。積んできた好感度のポイントにより、ハッピーエンドかバッドエンドのどちらかに道が分かれていく。

（ゲームと違《ちが》って、試験会場は闇の妖精が住む森じゃない。そして私は、サラを追って闇の妖精をけしかけたりしない。誤解を招きそうな行動さえしなければ、何も起きることなくこのイベントを乗《の》り越《こ》えられるはず……！）

後はサラと攻略対象が、無事に試験をクリアしてくれればいいだけだ。現状、最もサラと親しいキャラがオスカーであるのは間違いがないはず。食堂イベントではオスカーがサラを助けたことになっているから、かなり好感度は高まっていると思われる。このままオスカーとペアを組み、彼とのハッピーエンドに辿り着ける気がするのだ。

（というわけで、私はさっさとリュカと組んでおこうっと。そしてサラたちより先に試験会場に入っちゃえばいいわよね）

これで処刑エンドへのフラグは折れるはず、と思い、リュカに声をかける。

「リュカ、一緒に組みましょ――……」

「リュカさん、私と一緒に組んでいただけませんか⁉」

思いがけない声が割り込んできた。

（…………ん？）

「私とですか？　ベネットさん」

「はい！　ぜひ！」

（ええっ、サラ！　何言ってるの⁉）

目の前の予期せぬやり取りに、ロザリアは目を見開いて固まった。が、そんなロザリアには気付きもせず、サラは目を輝《かがや》かせてリュカを見つめている。

「いいですか？」

（い、いやいやリュカがオーケーするわけないじゃない。私と組むに決まって……）

「わかりました。ご一緒《いっしょ》しましょう」

リュカが爽《さわ》やかな笑顔《えがお》で承諾《しょうだく》した。

（嘘《うそ》でしょ――――!?）

信じられない展開に絶句する。ちょっと何がどうなってるのかわからない。

（まままま待って、なぜそんなに笑っているの!?　えっやだ可愛《かわい》いけど見たくない！　どうしてサラにそんな満面の笑《え》みを向けちゃってるの――!?）

状況《じょうきょう》についていけないロザリアを置いて、二人で話をどんどん進めていってしまう。

ふと、リュカが振《ふ》り向《む》いた。

「ロザリア様、申し訳ありません。よろしいですか？」

「え……ええ。行ってらっしゃい……」

全然よろしくないのだが、事もなげに言われ、そう返すしか出来なかった。

動揺《どうよう》を隠《かく》せないまま、ペア組みの申請《しんせい》に行ってしまう二人の後ろ姿を見つめていた時、ロザリアはある可能性に気付いてしまった。

（……あれ？　もしかしてサラって……リュカのことを好きだったりするの……？）

だってこのイベントでは、最も好感度の高いキャラがサラと組むはずなのだ。わざわざ

彼女が直接誘《さそ》いに来たことを考慮《こうりょ》すると、そう考えるのが妥当《だとう》なのではないだろうか。

(ちょっと待って、じゃあ食堂イベントでなかなか誰《だれ》も助けに行かなかったのも、そういうこと？　私が行けば、自動的にリュカもついてくる……そういうことだったの⁉)

いや待て落ち着け、と脳内で討論を続ける。

(リュカは元々、攻略対象ではないのよ。モブと言っても過言ではないくらい出番がないのよ。それなのにサラが好きになるなんてことあるのかしら)

正直わからない。ロザリアが変わったことで、いろいろとこの世界に変化が生じていることも事実だから。

(……でも駄目《だめ》——っ！　リュカは誰にも譲《ゆず》れません‼)

いかんやっぱり止めに行こう、と足を踏《ふ》み出《だ》すが、現れたオスカーに阻《はば》まれた。

「ロザリア、俺と組もう」

決定事項《じこう》のように言われ、手を引かれてしまう。

「え、待って。私はリュカと……」

「あいつはベネット嬢と組んだじゃないか。ほら、早く申請に行くぞ」

(嫌《いや》——！　邪魔《じゃま》しないでぇぇぇ！)

手を振り払《はら》おうとした瞬間《しゅんかん》、申請を終えたリュカと目が合った。

けれど、ふいっと逸《そ》らされてしまった。

（……え？）

いつもなら、オスカーとの間に割って入ってきそうなものなのに。

そのまま試験会場に向かってしまった背中を、立《た》ち尽《つ》くして見送る。急激に湧《わ》き上《あ》がる寂《さび》しさで、ロザリアの胸はいっぱいになっていた。

「リュカさん、ペアの申し出を受けてくださって、ありがとうございました」

「いいえ、構いませんよ。さっさと済ませてしまいましょう」

にこりと笑うと、サラもホッとしたように笑顔になった。

（さて、どうしましょうかね）

まさかサラの方から声をかけてくるとは思わなかったが、リュカにとっては好機だった。

先程のロザリアの表情には胸が苦しくなったものの、今はこの機会を逃《のが》してはならない。

そう判断し、断腸の思いで愛する主人を振り切ったのだ。

（――一体何を企んでるんでしょうね、この人は）

ここ最近ずっと、リュカはサラのことを警戒《けいかい》対象として注視していた。

というのも、彼女がロザリアに向ける視線が、妙《みょう》に強いと感じ始めていたからだ。

ロザリアがどれだけオスカーとの距離《きょり》を縮めさせようとしても、彼よりもロザリアを見ていることが多い。隙《すき》あらばロザリアを見つめていることに気付いて以降、どうにも不審《ふしん》にしか思えなくなったのだ。

そんな中、重要な現場を目撃《もくげき》してしまった。

（あの日、この少女は確かに一人で、森へ入っていった）

生徒の立ち入りが禁止されている森。そこにサラは一人で入っていったのだ。怪《あや》しいと感じ、リュカはサラを追いかけた。

しかし、彼女を見失ってすぐに戻《もど》る羽目になった上、ロザリアには森へ入ったと疑われてしまい、散々な目に遭《あ》った。

それからの、例の〝妖精女王の加護〟とやらだ。

一体何者なのかさっぱりわからないが、軽視していい存在ではないということだけは理解した。光の妖精の最たる存在、妖精女王と関わりを持っていながら、闇の妖精と通じているかもしれないなんて。

もしもロザリアに何か危害を加えられることがあれば、恨んでも恨み切れない。だからリュカは、サラが何者なのか見極《みきわ》めるべき好機だと考え、試験のペア組みを承諾したのだった。

（どの辺りから突《つつ》くべきだろうか）

リュカは何気ないふうを装《よそお》い、サラに話しかけた。

「そろそろ妖精が姿を見せ始めるかもしれませんね。ベネットさんはこの一学期で、妖精とだいぶ交流出来るようになりましたか？」

「私ですか？　私はその……、妖精のことは見えるのですが、なかなか話しかける勇気が湧かなくて。でも、ロザリア様はすごいですよね。いつもあんなにたくさんの妖精に囲まれていて、仲良くお話もされているんですもの」

いきなりロザリアの名前が出て、リュカはピクリと反応した。

「……ロザリア様は妖精の血族でいらっしゃるだけでなく、彼らへの思いやりにも溢《あふ》れていますから」

「そうですよね、本当に尊敬します。私もあんなふうになれたらいいなぁ」

そう話すサラの表情は、純粋《じゅんすい》に憧《あこが》れを抱《いだ》いているだけのようにも見えるが、リュカは慎重《しんちょう》に言葉を選んで会話を続けていく。

「ベネットさんこそ、その気になればどんな妖精とも仲良くなれるのではないでしょうか？　特別な力をお持ちなのですから」

その力で闇の妖精を従えているのでは。そう問いたくなるのを抑《おさ》える。

「あはは、私なんてまだまだですよ。だから私、ロザリア様のこと……」

サラが言葉を切った。急に真剣《しんけん》な顔になり、リュカは警戒する。

どんな言葉が飛び出すのか、と身構えたが――。

「――わ、私っ、ロザリア様のことを、心からお慕《した》いしているのです!!」

「…………は?」

「あのっ、お慕いしているって、ただ憧れているってだけではなくて！　もっと胸がギュッとなるような感情で、その……好きなんですっっ!!」

「…………好き？」

「はい！　ロザリア様が好きなんです!!」

絶句した。急に何を言い出したのだ、この少女は。

（……つまり、ロザリア様にただ恋《こい》をしているだけ、と……？）

さすがのリュカも想定外だった。情報処理が追いつかない。

「だから私、一度リュカさんに相談をしてみたかったんです！　ロザリア様の好きな食べ物とか、好きなお店とか趣味《しゅみ》とか……そういったことを教えてもらえないかと！」

しかも、困惑《こんわく》しているリュカを置いて恋愛《れんあい》相談を始めてしまう。あらゆる衝撃《しょうげき》を受け、リュカは言葉を発することが出来なかった。

我に返ったのは、近くに何か大きな影《かげ》を感じた時だった。

「ベネットさん、少し黙《だま》ってください。……何かいます」

サラを黙らせ、注意を向ける。

ここは試験のために用意された空間だ。危険な輩《やから》がいるはずがない。

けれど、なぜか背筋がゾクゾクすることに不安を覚えた。

そういえば、ここに来るまで全く妖精に遭遇《そうぐう》しなかったが、あまりにも静かすぎやしなかったか、と思い出す。道中でもっと妖精の姿を見ても良かったはずなのに、なぜ。

注意深く辺りを見ると、先程までと景色がガラッと変わっていることに気がついた。

（ここは……どこだ？）

急に別の空間に迷い込んだような違和感《いわかん》が走った。空気が違う。

嫌な予感を追《お》い詰《つ》めるように、木々が不穏《ふおん》にざわめき始める。

（……なんだ？　何がいる？）

リュカが見つめる木の後ろで、何者かの影がのそりと動いた。


「おいロザリア、もう少しゆっくり歩かないか？」

「何を言ってるの。早く進んだ方が良《い》いに決まっているでしょう」

（先に進んでしまったリュカたちに追いつかないといけないんだから！）

そんなロザリアの気持ちを知る由《よし》もなく、オスカーは足を速める気配がない。

「それにしても、さすがだな。もうそんなに集めてしまったなんて」

オスカーがロザリアの手元に視線を落として言う。そこには試験突破《とっぱ》のために必要な、妖精たちからのゴールへのヒントがたくさん集まっていた。

「レプラコーン、ピクシーにヴィーラ……次から次へと住処《すみか》を見つけ出しては、上手《うま》いこと交渉していくものだな」

「それぞれの基本的な習性を熟知していれば、難しくないわよ」

（と言いつつ、全部ゲームでプレイした時の記憶《きおく》を辿って動いてるだけなんだけどね）

しつこくゲームを周回していて良かった、と改めて思う。

「さて、さっきもらったヒントは、『緑あるところ、その妖精あり』……ね」

「グリーンマンか？」

「そうだと思うわ」

グリーンマンは、森のような緑が豊かな場所にいる妖精だ。葉男とも呼ばれ、その姿は木と同化していたり、葉が人の顔を形成していたりなどと、様々だ。

「もう少し緑が深い方向へ行ってみるか」

オスカーだってこの国の王太子なだけあり、それなりの知識を持っている。意見を出し合えば難なく進むので、試験のペアとしてはとてもやりやすい。

辺りを探しながら歩いていると、立ち並ぶ木の一画から妖精の気配を感じた。

見つけたわ、と呟《つぶや》き、ロザリアはそっと一本の木に近づいた。

「こんにちは、あなたはグリーンマンさんかしら？」

木の幹のゴツゴツした部分に話しかける。幹は少しずつ人の顔の形になり、現れた皺《しわ》くちゃな顔がロザリアをじっと見た。

「……試験中の生徒か」

「ええ、私はロザリアといいます。こちらはオスカー。よろしければ、ゴールまでのヒントをくださらないかしら」

「学園の教師たちから預かっているものだな。受け取るがいい」

グリーンマンがそう言うと、顔の周りの葉がサワサワと動き出し、その中から小さなメモが現れた。

「ありがとう。いただいていくわね」

お礼を言って立ち去ろうとしたが、目の前にグリーンマンの枝が伸びてきて、遮《さえぎ》られる。

「そちらの道は行かない方がいい。良くない気配を感じる」

「えっ？」

胸がザワリと音を立てる。

「良くない気配って……どんな？」

「何かの魔力《まりょく》が働いて、別の道が現れたようだ」

「魔力？　別の道って？」

「この空間と、現実の森が繋《つな》がったようだ」

「森と!?」

グリーンマンの忠告に、背筋がヒヤリとした。オスカーを振り返ると、彼も眉《まゆ》を寄せ、深刻な表情をしていた。

「今、現実の森は危険だわ。闇の妖精が活発に動いているかもしれないのよ」

そのために、特別な試験会場が用意されたというのに。

リュカは無事だろうか。急に心配が込《こ》み上げてきた。

「ありがとう、グリーンマンさん。せっかく忠告をしてくれたのに申し訳ないけれど、私はそっちへ行ってみるわ」

ペコリと頭を下げ、葉をかき分けて駆け出す。

「おい、ロザリア！　教師を呼んだ方がいい！」

「じゃあ笛を吹いて待っていてちょうだい！」

「お前も待つんだ！」

「駄目よ、万が一リュカに何かあったらどうするの!?」

「あいつがいるかどうかなんてわからないだろう、お前に何かあってもどうするんだ！」

「私よりリュカの命の方が百万倍大事なの！」

そう叫《さけ》び、オスカーを振り切る。オスカーが慌《あわ》てて吹く笛の音を聞きながら、ロザリアは必死に足を動かした。

（──空気が変わった。さっきまでの作られた森ではなく、本物の森の空気だわ）

踏みしめる下草から湿《しめ》った匂《にお》いがし、背中がゾクゾクするような感覚が走り始める。

段々と薄暗《うすぐら》さを増していく森の中を、慎重に進んでいく。ロザリアを放っておくことはさすがに出来なかったのか、渋々《しぶしぶ》ついてきたオスカーも一緒だ。

ついに前方が真っ暗になったところで、二人は足を止めた。

（いるわ。たくさんいる）

鮮明《せんめい》には見えないが、暗い景色の中を蠢《うごめ》くいくつもの影があることがわかる。──悪意ある気配の数々。闇の妖精だ。

そうハッキリとわかるくらい、辺り一帯には禍々《まがまが》しいオーラが漂《ただよ》っていた。吸っていると意味もなく気分が落ち込んでくるような、重い空気だ。

「おい、引き返した方がいい。あれは相当な数だぞ」

しかし、オスカーの言葉など耳に入らなかった。蠢く影の先に、見慣れた金髪《きんぱつ》を目にしてしまったからだ。──いないことを願っていたのに。

（リュカ……！）

目を凝《こ》らして見れば、リュカの隣《となり》にサラの姿もあった。どうしてあんな場所に二人が。助けに行きたいと思うが、さすがにあの中に突っ込んでいくのは無謀《むぼう》すぎる。魔除《まよ》けの類《たぐい》のものは持ってきているが、あんな数を相手じゃ気休めにもならないだろう。

そう躊躇《ためら》っていたが、二人を囲む影の一つ、闇の妖精がリュカに手を伸ばした瞬間、自制心は綺麗《きれい》さっぱり消え去った。

「ちょっと！　リュカに触《さわ》らないでちょうだい‼」

思いっきり叫んで飛び出し、見事に注目を集めてしまう。

「何してるんだお前は！」と後方からオスカーの詰《なじ》る声が聞こえたが、もう飛び出してしまったものはどうにもならない。リュカに触《ふ》れようとしていた妖精が、ロザリアの声に驚《おどろ》いて手を引っ込めた隙に、リュカの前に立ち塞《ふさ》がる。

「ロザリア様⁉　どうしてここへ……」

「……ごめんなさい、感情に忠実に動きすぎてしまったわ」

一瞬《いっしゅん》の間があった。呆《あき》れたのかもしれない。けれどリュカは何も言わず、ロザリアの身体《からだ》を自分に引き寄せた。

「人間が増えたぞ」

周囲の妖精たちが意地の悪そうな顔で笑う。ついでに見つかってしまったオスカーも、ロザリアたちの元へ放り込まれた。

(スプリガン、ボーグル、ゴブリン……。闇の妖精がこんなにも)

怯《ひる》みかけた自分を叱咤《しった》し、ロザリアは毅然《きぜん》とした態度で腹の底から声を出した。

「試験会場と森を繋げたのはあなたたちね？　何が目的なの？」

「ヒヒッ、闇の妖精に囲まれてるというのに、随分《ずいぶん》と威勢《いせい》のいい娘《むすめ》がいるもんじゃ」

妖精たちの奥から低く嗄《しゃが》れた声が響《ひび》いてきた。のそりと進み出たのは、老婆《ろうば》の姿をした妖精だった。

「あなたは――……ハッグ？」

「そうじゃよ。お前さんは……ああ、リャナン・シーの血を引いた人間か」

ロザリアを上から下まで眺《なが》め、ボロボロの歯を見せてニヤリと笑う。

闇の妖精、ハッグ。皺だらけの醜《みにく》い老婆の姿をし、人々に害を成す。暗黒の女神《めがみ》という別名を持つ妖精だ。

「今まで森の外に出て人に危害を加えていたのは、あなたの仕業？」

「おお、そうさ。そこの小娘が望んだからねぇ」

え？　とロザリアとリュカ、オスカーが振り向く。

指をさされたサラが、青褪《あおざ》めた顔で震《ふる》えていた。

(ちょ、ちょっと待って。今なんて言った？　サラが望んだ？)

三人の動揺もおかまいなしに、ハッグの嗄れた声が冷たく響く。

「お前さん、この間は随分とやってくれたねぇ。恩知らずだねぇ」

今や人間と妖精全員の注目を浴びているサラは、震えながら声を発した。

「……な、なんのことですか？」

「しらばっくれるんじゃないよ。この間、プーカに攻撃《こうげき》したんだってねぇ？　せっかくお前さんのためにけしかけてやったのに、恩知らずな奴《やつ》だよ」

（……なんですって？　サラのために、プーカを？）

困惑するロザリアたちをよそに、サラがわっと顔を覆《おお》った。

「それは……！　だって、あんなに大きな妖精を呼んでくるなんて思ってなかったんです！　ちょっとの怪我《けが》じゃ済まないと思ったから、私もビックリしちゃって……」

「何を言ってるんだい。これまで何度も、闇の妖精の力で邪魔な男どもを痛い目に遭わせてきてやったじゃないか。今更怖気《いまさらおじけ》づくんじゃないよ」

「じゃ、邪魔だなんて言ってません！　ただちょっと、ヤキモチを焼いちゃっただけで」

「要するに目障《めざわ》りだったってことじゃあないか。だから手を貸してやったんじゃろう。特にそこの坊主《ぼうず》がどうのこうのと言ってたから、プーカを行かせてやったのに」

「…………どういうこと？」

さっぱり話についていけなくて、我慢《がまん》出来ずに口を挟《はさ》む。

サラがビクッと肩《かた》を跳《は》ねさせた。そして何か思い詰めるように黙り込んだ後、真っ青だった顔をみるみるうちに赤くしていき、そこら中に響く声量で叫んだ。

「ご、ごめんなさい！　ロザリア様と懇意《こんい》にしている皆さんに嫉妬《しっと》したんです！　それで、たまたま森で出会ったこのお婆《ばあ》さんに相談をしていたら、ライバルを減らすのに協力してあげるって言ってもらえて……！」

「…………はい？」

「ああでも、リュカさんにはさすがに手を出しちゃいけないなと思って。ロザリア様のお世話をされている従者さんなので、お怪我をさせるわけにはいかないと。むしろリュカさんには相談に乗ってもらう方がいいのかなって……」

ロザリアを含《ふく》めた三人が、言葉を失っていた。何を言ってるんだこの子は、という目で、早口であわあわと喋《しゃべ》るサラを見つめる。

（……ええっと、これは、つまり）

サラとハッグ、それからリュカとオスカーを順に見る。

（私のせいでこうなった――――!?）

まさかの事実に愕然《がくぜん》とする。ゲームの正ヒロインが、闇の妖精とつるんでいただなんて。しかも、ロザリアが原因で。

「あ、あのね、サラさん」

「本当にごめんなさい！　いけないい、やめてもらわなくちゃとわかってたんですが、それでもやっぱりロザリア様のお傍《そば》に行きたくて……！　そうしたらいつの間にか、大きな騒ぎになってしまっていて」

「落ち着きましょう、サラさん」

自分もかなり動揺しているが、輪をかけてパニック状態のサラの方が大変だと思い、とりあえず宥《なだ》めようと背を撫《な》でる。

「いろいろ言いたいことも聞きたいこともあるけれど、まずは落ち着いて——、きゃっ」

リュカの腕《うで》が、ロザリアをサラごと思いっきり引っ張った。

数瞬《すうしゅん》遅《おく》れて、今まで二人が立っていた場所をヒュン、と何かが通《とお》り抜《ぬ》けていった。

「なっ……」

飛んで来た方向を見ると、ゴブリンが大きな石を抱《かか》えてニヤニヤしていた。

「あ、危ないじゃない！　そんなもの投げないで！」

闇の妖精相手に説教が通じるわけはないとわかっているが、つい叱《しか》ってしまう。

ゴブリンはそれが気に入らなかったのか、また石を投げてくる。

「やめてったら！」

リュカに守られなんとか避《よ》けると、ハッグの苛立《いらだ》った声が聞こえてきた。

「おやまあ、無視してくれちゃって。随分と冷たいじゃないか。小娘よ、わしが今までどれだけお前さんに親切にしてやったのか、忘れたのかい？　お前さんの悩《なや》みをいつも聞いてやっていただろう？」

サラがまた顔を青くして、「ごめんなさい」と震えながら言った。その肩に優《やさ》しく手を置き、ロザリアはハッグに向き直った。

「ハッグ、あなたに悪気があろうとなかろうと、あなたたち闇の妖精がする行動は、やりすぎな時があるのよ。もう少し加減というものを――……」

「黙れ小娘」

ビュオォ、と強い風が顔のすぐ傍を吹いていった。髪《かみ》が一房《ひとふさ》パラリと落ちる。

「ロザリア様！」

（あっぶな……！）

まともに当たっていたら、頬《ほお》が切れていただろう。刃《やいば》のように鋭《するど》い風だった。

「だ、大丈夫《だいじょうぶ》、顔には当たっていないから。……ハッグ、あなたたちは、サラさんに文句を言いに来たの？」

「戯言《たわごと》を。そんなことのためにこのわしが、わざわざ魔力を使って森に呼び寄せてやるわけがなかろう」

「リュカ！」

指先をつい、と動かすと、リュカとオスカーの身体がふわりと浮《う》いた。

「小娘、お前さんは妖精であるわしと契約《けいやく》したんだ。これを貸してくれたじゃろう？」

ハッグが見せつけるように上げた手首には、ピンク色のリボンが巻きついていた。

「そ、それは……」

サラの動揺した声で、ロザリアは理解した。きっとあれが、闇の妖精を森の外に出すために、サラが貸したものなのだろう。

「妖精との約束を違《たが》えることは出来ぬ。お前の望み通り、この男どもを消してやろう」

(はあっ!?)

「な、何言ってるの？」

思わず声が裏返る。サラも意味がわからないという顔だ。

「ライバルを消してほしいんじゃろ？　そのままの意味じゃよ。消してやるのさ」

(何————っ!?)

うひゃひゃ、と笑い出したハッグは、手の平から溢れ出た闇の魔力で、リュカとオスカーの身体をさらに高く浮かせた。

(消すってどういうこと!?　物理的に!?　殺すってこと!?)

その考えに至った時、ロザリアの中で何かがプツンと切れた。

「……そんなこと……、許すわけないでしょぉぉぉぉぉ!!」

ポケットの中に手を突っ込み、紙束をハッグに向かって投げつける。重しをつけていたため、見事な飛距離《ひきょり》でハッグに命中した。

「ぎゃああっ‼」

金切り声に周りの妖精たちが驚いて後ずさる。ハッグの意識が逸れた拍子《ひょうし》に、リュカたちは地面に落とされた。

「リュカ、大丈夫？」

「はい、問題ありません。すみません、油断していました」

「いいのよ。良かったわ、あなたに怪我がなくて」

「おい、俺も捕《つか》まっていたんだが⁉」

存在を無視して安全確認《かくにん》をし合う主従を前に、オスカーが不満そうな顔をした。

「ぎゃあああ、なんだこれは、痛い！　小娘《わめ》、何をした！」

紙束が直撃《ちょくげき》した腕を押さえ、ハッグが喚き続ける。

「聖書の一部を切り取ったものよ。重しとして十字架《じゅうじか》も括《くく》りつけておいたから、効果は抜群《ばつぐん》でしょう」

どちらも妖精が嫌《きら》うものだ。嵩張《かさば》るけれど、念のために持ってきていて良かった。

「おのれ……っ、ふざけた真似《まね》を……！」

「一旦《いったん》ここは退きましょう。数が多すぎます」

リュカが冷静に促《うなが》し、三人が頷《うなず》く。こうなった以上、教師たちと合流した方が良いだろう。ここに来る時にオスカーが笛で合図を送ったから、こちらに向かって来ているはずだ。

だがロザリアは、その時ようやく気がついたのだ。自分たちが今置かれている状況に。

ハッと顔を上げ、ぐるりと周りを見る。

三百六十度、円を描《えが》くように妖精たちが立ち並んでいた。そして、その中心に立つ自分たち。

よく見たら、ただ立って見物しているだけのように見えた闇の妖精たちは、各々ゆらゆらと身体を動かしていた。——まるで、踊《おど》っているように。

(しまった、これ、〝妖精の輪〟だ……‼)

ハッグがニヤリと笑った。その瞬間に足元が光り、ロザリアは渾身《こんしん》の力で三人の身体を押し出した。

「っ、ロザリア様⁉」

リュカの手が、ロザリアの腕を掠《かす》った気がした。しかし巨大《きょだい》なつむじ風に包まれたロザリアは、視界を遮断され、ただ黙って飛ばされることしか出来なかった。

「きゃあっ」

宙に浮いた——と思ったら、すぐに落とされた。

けれど、地面に身体を打ちつけた感覚はなかった。痛みがなかったことを不思議に思って目を開けると、リュカに綺麗にお姫《ひめ》様抱《だ》っこされていた。

「リュカ⁉」

「ご無事ですね、ロザリア様」

恐《おそ》らく一緒に吹き飛《と》ばされただろうに、見事に受け止めてくれたリュカに感激する。

「ありがとう、助かったわ……」

「とんでもない。貴女《あなた》を追うことが出来て良かったです」

そっと地面に下ろされ、ロザリアは項垂《うなだ》れた。

「……あなたを巻き込みたくなかったのに」

「巻き込んでいただかないと困ります」

至極《しごく》真面目な顔をされ、二の句が継《つ》げなくなる。

「ところで、私たちは一体どうなったのでしょうか」

リュカが視線を巡《めぐ》らす先を、ロザリアも見る。二人が落ちた場所は、先程の景色とは一変し、何もない空間だった。

「ここは……？」

「特殊《とくしゅ》な妖精の領域かもしれないわね。……私たち、〝妖精の輪〟の中にいたのよ。ずっと気付かなかったけれど」

リュカが目を丸くした。〝妖精の輪〟とは、妖精が踊って作り出す輪のことだ。その中心にいた者は妖精に連れ去られてしまうという、可愛らしい名称《めいしょう》のわりにとんでもない罠《わな》のことなのである。

「それは……気付きませんでした」

「あれは気付きにくいわよね。〝妖精の輪〟と言えば、小妖精たちが宴《うたげ》で踊っているような、可愛らしいものを想像していたもの。闇の妖精があんなふうに不気味に身体を揺《ゆ》らしていただけでは、そうだと思えないわよ」

「……確かにそうですね」

リュカが苦笑《くしょう》した。

「どうすれば、元の場所に戻れるのでしょうか」

「そうね。〝妖精の輪〟で攫《さら》われた時の対処法なんてあったかしら……」

前世で熟読した《おといず》公式設定資料集の記憶を辿ってみても、思い浮かばない。

(まさか、一度捕《と》らわれたら出られないなんてことは……?)

途端《とたん》に、激しい後悔《こうかい》の念に襲われる。

(ああもう、なんでリュカを巻き込んじゃったの……!)

もしや、こんなところでリュカの未来を途切《とぎ》れさせてしまうことになるのだろうか。

いや、そんなの絶対駄目だ。なんのために今までやってきたというのだ。

「ロザリア様、大丈夫ですか?」

突然《とつぜん》顔面蒼白《そうはく》になったロザリアを、リュカが心配そうに覗《のぞ》き込んだ。

「……こんなところであなたの人生を終わらせるわけにはいかないわ」

あまりにも鬼気迫《ききせま》る様子だったからか、リュカは目を瞬《まばた》いた。そして、宥めるようにふわりと抱きしめてくれた。

「それは私の台詞《せりふ》です。……ですが、貴女と一緒にいられるなら悪くない」

「……何を言っているの」

「私の在るべき場所は、ロザリア様のお傍ですから。どこまでもお供いたします」

状況にそぐわず穏《おだ》やかに微笑《ほほえ》まれ、泣きそうになる。けれど、頭を振って気をしっかり持ち直す。

「駄目よ、そんなこと言っちゃ！　元の世界に帰らないと。傍にいるなら、元の世界でずっと傍にいて！」

背中に回した腕で、ギュッと抱きしめ返す。

「……そうですね。元の世界で、ずっとお傍にいましょう」

そうよ、と念を押し、身体を離す。同じ場所に留まっていても何も変わらない。帰り道を探さなければ。

（絶対に二人で帰るのよ）

手を握《にぎ》り、歩き出す。帰ることだけを考えて。

何もなかったと思っていた空間は、実はよく見ると、所々が元の世界と酷似していた。

ただ、一帯に霧《きり》が広がっていて視界がどうにもぼやけてしまう。

「よく見えないけれど、森の中の景色に見えるわ。あの森とリンクしているのかしら」

「そうかもしれませんね。ですがお気をつけください。景色だけでなく、何か生き物もいます」

「闇の妖精ね、きっと」

二人をじっと見ている影がいくつもある。直接手出しはしてこないが、様子を窺《うかが》っているのがわかる。何かの拍子に襲ってこられたら、厄介《やっかい》かもしれない。

（ここは元の世界より妖精の魔力が濃《こ》い。多分、ハッグの魔力で作られた空間なんだわ。そんな場所でもしも攻撃されたら、軽い怪我じゃ済まないかもしれない）

考えながら歩いていると、すぐ横でギョロリと目玉のようなものが動いた。

「きゃっ」

「ロザリア様⁉」

「い、今何か動いて……ひゃっ、あっちにも」

前方でも目玉が動いた気がしてリュカの腕にしがみつくと、彼はロザリアを守るように前に立った。そこにいる何かに、じっと見つめられている。

だが、聞こえてきたのはどこかで聞いたことのある声だった。

「おい、こんなところにいたのか」

「……え？」

緑色の影が、霧の向こうからヌッと姿を現した。

「あ！　あなたは……」

かつて、木の根に引っかかっていたところをロザリアが助けたゴブリンだった。短い足を一生懸命《いっしょうけんめい》動かして駆けてくる姿に、ロザリアの緊張感が解《ほぐ》れる。

「あの時のゴブリンよね。どうしてここへ？」

「あ？　なんだよ、お前が〝妖精の輪〟に捕まったのが見えたから、捜《さが》しに来てやったんじゃねーか」

「えっ、捜しに来てくれたの？　わざわざ？」

「そうだ。あの時はお前に助けられたからな。礼くらいはしてやろうと思ってたんだ」

ニカッと笑うゴブリンに、感激のあまり涙《なみだ》が溢れてくる。

（やだ、なんて義理堅《ぎりがた》いの……！　妖精は元々そういう習性があるって知っていたけど、闇の妖精にもそういう妖精がいるだなんて……！）

「ありがとう……！　あなた、とってもいいゴブリンね！」

「おい、抱き着くな！　……オイラは別に、人間のことはそれほど嫌いってわけでもねぇなと思っただけだ。ほら、帰り道を案内してやるから行くぞ」

褒《ほ》められ慣れていないのか、ゴブリンは決まり悪そうにそっぽを向いた。

「ええ、よろしく頼《たの》むわね」

ゴブリンが先導する道を、リュカと並んで歩いていく。

(こうしてみると、闇の妖精にもわかり合える妖精がいるんだって思えるわ。……光とか闇とか、そういう線引きがなくなればいいのに)

難しいことだとはわかっている。でもロザリアは、そんなふうになれたらいいのにと、この時強く思ったのだった。

「ここが出口だ」と示された木の輪をくぐると、元の森の中に戻ってきていた。

「ロザリア様！」

「何ぃ⁉」

突然姿を現したロザリアたちに、サラとハッグの声が重なった。

「サラさん！」

サラとオスカーの周りを、またも妖精たちが囲むように立っていた。残った二人も〝妖精の輪〟で捕らえようとしていたのだろう。

けれど、サラの身体から発せられる光が、妖精たちの動きを止めているようだった。

(そうか、妖精女王の加護の力が働いてるのね！)

サラに寄《よ》り添《そ》うようにオスカーはしゃがみ込んでいた。怪我をしたのか、腕を庇《かば》っている。サラを守るために抵抗《ていこう》したのかもしれない。

「小娘、どうやって戻ってきた……！」

ハッグが悔《くや》しそうに喚き散らす。ロザリアはフフン、と足元の小さな小鬼《こおに》妖精を示した。

「私のお友達が、迎えに来てくれたのよ」

「おいお前、友達だと？　調子に乗ってんじゃねえぞ！」

と言いつつ嬉《うれ》しそうにニヤニヤしているゴブリンを見て、ハッグは目を見開いた。

「友達ぃ？　何を言ってんだい、闇の妖精と人間が友達になんて、なれるもんか」

「そんなのわからないじゃない。光の妖精と仲良くなれるように、闇の妖精とだって仲良くなることは出来ると思うの」

ハッグの顔が歪《ゆが》んだ。だがそれは、怒《いか》りというよりも悲しみが滲《にじ》み出ているような表情だった。

「……おかしなことを言う人間だね。そんなものは続かないよ。今だけさ」

「どうしてそんなことがわかるの？」

「昔、そういう奴がいたからさ」

声のトーンが少し落ちた。纏《まと》う空気が変わったハッグを見て、ロザリアはもしやと思って問いかけた。

「人間の友達がいたの？」

しん、と静まり返った。ハッグが唇《くちびる》を噛《か》む。

「どうだったかねぇ。昔のことは忘れたよ。ただ、平気で嘘を吐《つ》ける人間なんて信用しちゃいけないってことさ」

妖精は正直者だ。嘘を吐かないし、嫌う。

目の前のハッグは、友だと思っていた人間に、裏切られたことがあるのかもしれない。

（……悲しいわ、そんなの）

しかし、それでもサラに近づいたのはなぜなのだろう。嘘を吐かれたことで嫌いになったはずの人間に、また近づいた理由は？

サラからもらったリボンをギュッと握りしめるハッグを見て、もしかして、と考える。

（……もう一度、信じてみたいと思ったのかしら）

人に絶望したけれど、人と接して楽しかった記憶もあっただろう。もしもハッグがその時のことを忘れられなくて、再び人との触れ合いを求めたのだとしたら。

やり方はあまりにも乱暴で、正しかったとは言えない。だけど、人から敬遠されがちな闇の妖精ゆえの寂しさからしてしまった行いなら、ただ責めるだけというのは間違っているような気がする。

そう思ったら、自然と言葉が零《こぼ》れ出た。

「……ねえ、私とお友達になってくれないかしら」

さらりと言うと、ハッグだけでなくその場にいた者たちが全員、驚いたようにロザリアを見た。

「私、いろんな妖精と仲良くやっていきたいなと思っていたのよ。光の妖精も闇の妖精も関係なく。せっかく人間と妖精が共存出来ている国なんだもの、距離を置いているなんてもったいないと思うのよね」

「……何を言ってるんだい。小娘のくせに……」

「急に仲良くするのは難しいかもしれないけれど、お菓子《かし》でも食べながら、少しずつでいいからお互《たが》いのことを知っていきましょうよ。私の自慢《じまん》の従者のお菓子はとっても美味《おい》しいのよ」

「馬鹿馬鹿《ばかばか》しい。お前さん、頭がおかしいんじゃないのかい」

悪態を吐こうとしながらも、ハッグから悪意の気配が薄《うす》まっていくのがわかった。

「いいじゃない、お友達になりましょう。だって私たち、せっかくの悪役仲間なんだし！」

「悪役仲間？」

「あっ、いえ、こっちの話よ」

つい、またもや仲間意識発言をしてしまって、誤魔化《ごまか》そうと笑う。つられたのか、ハッグの顔が少し緩《ゆる》んだ。

「本当におかしな人間だねぇ。お前さんみたいなのは初めてだよ。……まあ、悪くはないのう」

ホッと空気が緩くなった。居並ぶ闇の妖精たちの雰囲気《ふんいき》も、いつの間にか物々しく攻撃的なものではなくなっていた。

リュカが、「まったく、貴女という方は」と苦笑した。

――その時だった。辺り一帯が、突然眩《まぶ》しい光に包まれたのだ。

サラが発していた光よりももっと強くて目が眩《くら》むような光が、周囲を照らし出していく。

「……素晴《すば》らしい」

その中心から、優しい声が響いてきた。

光がさらに強くなったかと思うと、景色がパッと変わった。人も妖精もそのままだが、陰鬱《いんうつ》な森とは打って変わって、陽《ひ》の光が射《さ》し込む開けた場所。そして、その中心に巨大な泉が現れた。

澄《す》んだ空気を反射し、キラキラと光り輝く水を湛《たた》えた泉の前には、虹色《にじいろ》の翅《はね》を背負った美しい女性が立っていた。

「本当に、素晴らしいことです」

女神を連想させる佇《たたず》まいの女性を見て、ロザリアの脳裏《のうり》には《おといず》のとあるスチルが蘇《よみがえ》った。

（こ、これは……、エンディングイベント……！）

期末試験イベント後に見ることが出来るイベントだ。幻想《げんそう》的で美しいスチルと共に描かれていたから、プレイしていた時も大好きだった思い出の場面。

（……と、いうことは）

ロザリアは緊張しながらも声を絞《しぼ》り出した。

「あなたは……妖精女王ティターニア……？」

「ええ、そうです。初めまして、ロザリア・フェルダント」

（本物だ……！）

にこりと笑う仕草の中に、美しさと威厳《いげん》が兼《か》ね備《そな》えられている。今までに会ってきた妖精たちとは格が違う。真に妖精女王なのだと感じさせられるオーラを放っていた。

ティターニアは、ロザリアから視線を動かし、サラをじっと見つめた。

「サラ・ベネット。ようやく会えましたね。わたくしの遠い遠い子孫の少女」

「は、はいっ！　……え？　子孫？」

「あなたには、わたくしの血が流れているのですよ。加護の力が働いているのはそれゆえなのです」

「そ、そうだったんですか……⁉」

サラは呆然《ぼうぜん》として、ポカンと口を開けた。

（そうよね、ビックリするわよね。私も初めてゲームをプレイしてこの事実を知った時、おったまげたもの）

加護の力を持っているから妖精女王の関係者だろう、という話が出た時点で、薄々勘《かん》づいた人も多かったようだけれど。

ティターニアは、その場にいる人間と妖精たちを見渡《みわた》した。

「あなた方のことは、ずっと見ていました。わたくしが人の前に出なくなってしばらく経《た》ちますが、エルフィーノはわたくしも建国に携《たずさ》わった国。この泉のほとりから、ずっと見守っていたのです」

ですが、とティターニアは悲しげに目を伏《ふ》せた。

「ここのところ、人と妖精の均衡《きんこう》を壊《こわ》しかねない出来事が続き、胸を痛めていました。わたくしはもうそちら側に干渉《かんしょう》しないと決めていたけれど、その決まりを破らなくてはいけないのかと」

サラと闇の妖精たちが、気まずそうに身を縮こまらせる。

「ですから、あなたには心から感謝しているのです。ロザリア」

「え？　……私ですか？」

不意に名を呼ばれ、首を傾《かし》げる。

「壊れかけていた均衡を、あなたが直してくれたのです。闇の妖精として一線を引かれる者たちに、歩み寄ってくれた。あなたの心は曇《くも》りなく澄み切っていて、美しい」

「そ、そんな大層なものでは……」

逆です煩悩《ぼんのう》だらけです、と口走りそうになったが飲み込んだ。

「いいえ、わかります。あなたはとても真《ま》っ直《す》ぐな人。その心根は、他者を救う導きの光となる。――よって、わたくしはあなたに、〝妖精の乙女《おとめ》〟の祝福を授《さず》けたいと思います」

「〝妖精の乙女〟……？」

「はい。感謝の気持ちと、あなたへの信頼《しんらい》を込めて」

（……ええっ⁉　待って、〝妖精の乙女〟って……、サラが授かるはずのものじゃなかったっけ……⁉）

エンディングイベントでサラが妖精女王から授かる、王国で最も位の高い称号《しょうごう》のことだ。

妖精女王直々にしか授与《じゅよ》出来ないものでありながら、その当人がもう長いこと人前に出てこなくなったことで、伝説的なものとされてきた称号。それを、期末試験中、ロザリアが放った闇の妖精とのトラブルを収めたことを功績とし、最後にサラが授かって物語は結末を迎えるはず――なのだが。

（わ、私がもらっちゃっていいの――――⁉）

いや、駄目だろう。だって自分は、正ヒロインではない。

「い、いえそんな、滅相《めっそう》もない。私などが畏《おそ》れ多《おお》い……」

　さすがにそんなものは受け取れない、と辞退を試みるが。

「この称号は、人と妖精の架《か》け橋《はし》となるべき存在に与《あた》えられるもの。あなたほど相応《ふさわ》しい者はおりません。ねえ、皆さん？」

　ティターニアが他の面々に同意を求めると、皆揃って頷いた。

　リュカとサラに至っては、当然だとばかりのドヤ顔をしている。

（これ、もう絶対断れないやつ……！）

　ロザリアは観念し、頭を垂れた。

「……わかりました。では、ありがたく受け取らせていただきます」

「ええ。——それからもう一つ。〝乙女の騎士《きし》〟の祝福を、あなたの忠実なる従者へ」

　ティターニアは今度はリュカに微笑んだ。

「え……、私にですか？」

　戸惑《とまど》いを浮かべるリュカに、ロザリアは「おおお‼」と心の中で歓声《かんせい》を上げた。

〝乙女の騎士〟も伝説の称号の一つだ。〝妖精の乙女〟を傍で守る男性に与えられる称号。

　ゲームではサラと結ばれる攻略対象キャラが授与されるのだが、ここではまさかのリュカだった。

（す、すごい！　リュカが〝乙女の騎士〟だって！）

自分が称号をいただくのは畏れ多く申し訳ない気持ちになるが、リュカが授かる分にはむしろ当たり前だなと思ってしまう。

心の中で全力の拍手《はくしゅ》を送っていると、ティターニアがサッと杖《つえ》を振り上げた。

「それでは、〝妖精の乙女〟の祝福をロザリア・フェルダント嬢に。〝乙女の騎士〟の祝福を、忠実なる従者リュカ殿《どの》へ」

ティターニアが杖を一振りすると、泉の中から虹色の蝶《ちょう》がふわりと飛び出した。

蝶はロザリアとリュカの元まで飛んできて、それぞれの額に留まり、それから身体の中にすうっと溶《と》けていった。

(温かい……。なんだか身体がポカポカする)

穏やかで幸せな気持ちに満たされていくような感覚だった。

リュカをチラリと見ると、彼はいつもの大好きな微笑みを向けてくれた。

ホッとして、ロザリアも同じように笑った。

嬉しすぎるのと安堵《あんど》したのとで、泣きたくなってくる。

そんなロザリアの目尻《めじり》に浮かんだ涙を、リュカがそっと拭《ぬぐ》ってくれた。

終章　乙女と騎士の後日談

途中《とちゅう》でアクシデントが発生した妖精《ようせい》学の期末試験は、あの後無事に課題のゴールまで辿《たど》り着《つ》き、合格点をもらうことが出来た。

さらにその後、ロザリアとリュカが妖精女王から祝福を授《さず》かったことも広まり、学園中——いや、王国中に二人の名は知《し》れ渡《わた》ることとなった。

数百年ぶりの〝乙女《おとめ》〟と〝騎士《きし》〟の誕生に、エルフィーノ王国は湧《わ》いた。妖精女王に認められた人間がいるということは、この上なく縁起《えんぎ》が良《い》い、と。

つまり、誰《だれ》もが迂闊《うかつ》に手を出せないほどの、最強の立場を手に入れたわけで。

（……見事、処刑《しょけい》エンドと追放エンドを免《まぬか》れました————っっっ!!）

イヤッホーウ！　と天高く叫《さけ》んで飛び上がりたい気持ちを堪《こら》え、淑《しと》やかに座って紅茶を啜《すす》る。

（危ない危ない、ここは学園の中庭だった。隙《すき》あらば処刑も追放も回避《かいひ》出来た喜びに襲《おそ》われて叫びたくなっちゃうの、そろそろなんとかしないと……）

期末試験からもうかれこれ一週間は経《た》つのだが、まだ高揚《こうよう》した気分が抜《ぬ》けないのだ。

（だって念願叶《かな》ったんだよ、そりゃ叫びたくもなるよね！　いくら課金しても出なかったアイテムが、たくさんの諭吉《ゆきち》の犠牲《ぎせい》を払《はら》ってようやく手に入った時よりも嬉《うれ》しいよ！　リユカを死なせずに済んだんだもの！　〝乙女〟の称号《しょうごう》はロザリアの過去の悪行も全て水に流すほどの効力なんだよ、やっほーい！）

紅茶を持つ手が歓喜《かんき》のあまりプルプル震《ふる》える。

本当に、それだけ強く願っていたことなのだ。ゲームではほぼ全ての結末で死ぬ運命にあった彼を、ずっと救いたいと思っていたのだから。

（目指してたオスカールートのハッピーエンドじゃないし、結局この結末は何エンドなんだろうとは思うけど、とにかく良かった！　生き残れたなら全て良し！）

最悪の場合、自分は死んでもリュカだけは助けたいと思ったこともあったが、結局自分も生き延びることが出来たのだ。今はこの喜びに浸《ひた》っていたって許されるだろう。

「あ、見つけました！　ロザリア様〜！」

きゃあっという声と共に、サラが駆《か》けてくる。数日前の騒《さわ》ぎなどまるで何事もなかったかのように。無邪気《むじゃき》なものだ。

とはいえ、彼女が闇《やみ》の妖精と通じていろいろとやらかしたことは、やはり問題にはなった。

しかし、ハッグが自主的にサラの気持ちを汲《く》んで行動していたので、法に触《ふ》れる『妖精を使役《しえき》』していたわけではないこと、本人が深く反省していたこと、さらに、今回の件で闇の妖精との付き合い方を考え直すキッカケにもなったことから、反省文を提出するだけで話を収められたのだ。

（ティターニアと私が口添《くちぞ》えしたのも大きかったみたいだけど……なんて言うか、この子は根っからの悪い子ではないから、憎《にく》めないのよね）

すっかりロザリアに懐《なつ》いてしまったサラから、ただならぬ想《おも》いを抱《いだ》かれていることに関しては、実はロザリアはあまり深く受け止めていなかった。あくまでも友人として親しみを持ってくれているのだと思っている。

「サラ、走ってきたら転ぶわよ。危ないでしょう」

「はい！　気をつけます！」

敬礼の形を取るサラに、やっぱり可愛《かわい》いなぁと笑《え》みが零《こぼ》れる。

「さ、どうぞ。座って」

「わぁい、ありがとうございます！」

嬉しそうにロザリアの前に座るサラを見ていると、こちらまで嬉しくなってくる。

（ロザリアとして覚醒《かくせい》してから、同性の友人らしき友人が周りにいなかったので新鮮《しんせん》なのよね！）

いかに悪役令嬢《れいじょう》ロザリアが嫌《いや》な奴《やつ》だったのか、思い知ったものだ。

人にも妖精にも友好的に接するようになってからは、女生徒たちから遠巻きにされることはなくなった。でもだからと言って、すぐに仲良くなれるわけもない。フェルダント家の娘《むすめ》というのはやはり近寄り難《がた》いというのがあるようだし、そこにさらに〝妖精の乙女〟の肩書《かたが》きが加わってしまうと、やはり友人は出来にくい。

そんなわけで、そういったものを気にせず突撃《とつげき》してきてくれるサラの存在は、実はありがたいと感じることも多いのだった。

「ベネットさん、またいらしていたのですか」

紅茶のお代わりを取りに行っていたリュカが、戻《もど》ってきて早々、サラを見て不満そうな声を出した。

（なぜかリュカは、サラに対して微妙《びみょう》に威嚇《いかく》をしたりするんだけどね）

同性のサラに対してまで嫉妬《しっと》しているとは思わないロザリアは、その光景を目にするたび首を傾《かし》げていた。

「えへへ、すみません。ロザリア様がこちらで昼食を取っているとお聞きしたので、来ちゃいました」

「……そうですか。ああそういえば、ウォーリア先生が探していらっしゃいましたよ。昨日提出した課題の中身、記述が不十分だったそうです」

「えっ、本当ですか⁉　わわっ、早く先生の所に行かなくちゃ！」

ビスケットを取ろうとしていた手を戻し、サラが慌《あわ》てて立ち上がる。

「リュカさん、ありがとうございます！　ロザリア様、また後で～！」

一気に捲《まく》し立《た》て、サラは嵐《あらし》のように去っていった。

「……また後で来るつもりなんですね」

「いいじゃない、元気いっぱいで。今度一緒《いっしょ》に森へ行って、ハッグたちとお茶会しましょうって話もしているのよ」

「そんな話を？　森に行くのですか？」

心配そうな顔のリュカに、「大丈夫《だいじょうぶ》よ」とつけ加える。

「〝妖精の乙女〟である私がいる場合は、特別に生徒だけでも森に入っていいって話になったの。どうやら、妖精女王の加護が私にも働くんだそうよ。それに、その力を元々持っているサラも一緒なんだし」

「……わかりました。ですがその際は、必ずお声がけくださいね」

「もちろんよ。それにしてもあの子、すっかり森に詳《くわ》しくなっちゃったのよね。さすが、人目を忍《しの》んで通《かよ》い詰《つ》めていただけあるわ」

ハッグと知り合った経緯《けいい》を聞いた時は呆《あき》れたものだ。あの好奇《こうき》心旺盛《おうせい》っぷりが起因して、うっかり出会ってしまったというのだから。

それで闇の妖精とわかっていても悩《なや》み相談の相手にしてしまうのだから、なかなかの大物だ。

「そういえば、お聞きしました。例の件のこと」

「例の件？」

「婚約《こんやく》解消の件です」

リュカの声が、明るく弾《はず》む。

「ついに正式に決定されたのですね」

「ええ、そうね」

〝妖精の乙女〟の称号を与《あた》えられたことによる、想定外の嬉しい変化。

（なんとなんと、オスカーとの婚約が解消になったのよ……!!）

なんでも、人と妖精との架《か》け橋《はし》たる〝妖精の乙女〟は、国で最も重要な存在となるため、その伴侶《はんりょ》となる人物は妖精女王が認めた者でないといけないらしいのだ。

それで、現婚約者がこの国の王太子だろうと関係なく、一旦《いったん》は全て無効ということになったのである。

オスカーは最後まで抵抗《ていこう》したらしいのだが、この国で妖精女王の発言力はとても大きいため、彼女の意見が通されたのだ。ロザリアとしては、とにかく喜ばしいことだった。

（そりゃ、ゲームの中みたいにオスカーとは険悪な仲にならずに済んだけど、彼が攻略《こうりゃく》対象であることには変わりないんだもの。接点はなるべくなくしておきたいのよね）

――それに、自分はリュカが好きなのだし。

そのことを考え出すとついついニヤけそうになってしまうので、必死に顔の筋肉を駆使《くし》して抑《おさ》える。

（……ああでも、〝妖精の乙女〟による弊害《へいがい》もあったんだった）

〝乙女〟の祝福のおかげでオスカーとの婚約は解消出来たのだが、裏を返せば、妖精女王に認めてもらえなければ、誰とも結婚《けっこん》出来ないということになる。

（つまり、軽率《けいそつ》にリュカに告白することも出来ないというわけなのよ……）

ちゃんとこの気持ちを伝えたいと思ったのに、こんな形で阻《はば》まれることになろうとは思ってもいなかった。しかし、これぱかりは仕方がない。

（まあ、とりあえず自由の身になれたのだし、これから考えていくしかないわよね）

うん、それしかない。時間はあるのだ。未来は守られたのだから。

ふとリュカを見上げると、通常の三割増しでキラキラしているように見えた。

何だろう。ものすごくご機嫌《きげん》なように感じる。

「リュカ、なんだか嬉しそうね」

「はい。これで一旦、戦いは振《ふ》り出《だ》しに戻りましたから」

「戦い？」

「いえ、振り出しではないですね。私が一歩リードしているのでしょうから」

「リード？　……なんの話をしているの？」

「権利の話です。〝乙女〟の隣《となり》に立つことを許される特別な権利を得るのに、最も近いところにいるのは〝騎士〟なのですよ」

紅茶のお代わりを注ぐ手を止め、リュカが意味深に微笑《ほほえ》む。

「それが嬉しくて堪《たま》らないのです。一番の障害物が取り払われ、そこを飛《と》び越《こ》える場所に辿り着けた。こんな日が来るとは思っていなかったので」

「……えっと、それはどういう」

妙《みょう》な言い回しをされたせいで即座《そくざ》に理解出来ず、考えてしまう。

その間に、リュカがロザリアを覗《のぞ》き込むように顔を近づけた。

「……いけませんね。枷《かせ》だった己《おのれ》の身分が外れるとなると、気持ちが高ぶってしまって。いつものように抑えることが出来そうにない」

「な、何がっ？」

思いがけず顔が近いところに迫《せま》ってきて、鼓動《こどう》がバクバクと騒ぎ出す。

「――ご無礼をお許しください、ロザリア様」

ロザリアの顔を、リュカの影《かげ》がふっと覆《おお》った――と思った時にはもう、唇《くちびる》に何か温かいものが触れていた。

「――………」

ぱちくり、と瞬《まばた》く。

今、何が起こったのか。

徐々《じょじょ》に理解すると共に、顔が赤くなり、全身が火のように熱くなっていく。

「な……っ」

「心より貴女《あなた》をお慕《した》いしております。ロザリア様」

言葉が出てこず、優《やさ》しく微笑むリュカを前に固まる。

(ず、ずるいわこんなの……!)

どんどん赤く染まっていくロザリアの顔を、リュカは愛《いと》おしむように見つめてくる。

「貴女に相応《ふさわ》しい男になれた暁《あかつき》には、乙女の祝福を私にくださいますか?」

真《ま》っ直《す》ぐな瞳《ひとみ》から、目を逸《そ》らすことが出来ない。

大好きな大好きな、私だけのリュカ。

深く息を吸って、なんとか掠《かす》れた声を絞《しぼ》り出す。

「……ええ。約束するわ」

萌黄《もえぎ》色の瞳が、嬉しそうに細められた。

目の前にいるのは、よく知っていながらも、それでいてまだ見たことのない顔をたくさん見せてくれる男の人。

ロザリアの世界になくてはならない、何よりも大切な存在。

彼との未来は、どんなものなんだろう。どれだけ色鮮《あざ》やかなものになるのだろう。
その答えはまだどこにもない。
この先に広がるのは、誰も知らない、シナリオから外れた物語なのだから。

あとがき

こんにちは、紅城蒼《くじょうあおい》です。この度《たび》は、『悪役令嬢《れいじょう》は二度目の人生を従者に捧《ささ》げたい』を手に取ってくださり、ありがとうございます！

推《お》し命の前世オタクな悪役令嬢と、同担拒否《きょひ》・主人ガチ勢な従者による物語、いかがでしたでしょうか。作者の好きな要素詰《つ》め合《あ》わせメガ盛《も》りとなった本作、オタク魂《だましい》をぶち込めてとても楽しく書き上げられたので、少しでもお楽しみいただけたなら幸いです。

さて、スペースが少ないので、早速《さっそく》ですがお世話になった皆様《みなさま》へご挨拶《あいさつ》を。

獅童《しどう》ありす先生、超絶《ちょうぜつ》美形な主従カップルをありがとうございます！　獅童先生キャラデザの《おといず》、本気でプレイしたいです。理想通りのキャラたちに大感謝です。

担当様、すぐに迷走《めいそう》してしまう私を今回も的確に導いてくださり、ありがとうございました。他にも、ここに書き切ることが出来ないのですが、本作に携《たずさ》わってくださった全ての方々に心より御礼《おんれい》申《もう》し上《あ》げます。そして読者様へも、特大の感謝の気持ちを！

またこの場でお会い出来たら嬉《うれ》しいです。皆様に妖精《ようせい》の素敵《すてき》な加護があらんことを。

紅城　蒼

■ご意見、ご感想をお寄せください。
《ファンレターの宛先》
〒102-8177 東京都千代田区富士見 2-13-3
株式会社KADOKAWA ビーズログ文庫編集部
紅城蒼 先生・獅童ありす 先生

●お問い合わせ
https://www.kadokawa.co.jp/ (「お問い合わせ」へお進みください)
※内容によっては、お答えできない場合があります。
※サポートは日本国内のみとさせていただきます。
※Japanese text only

ビーズログ文庫

悪役令嬢《あくやくれいじょう》は二度目《にどめ》の人生《じんせい》を従者《じゅうしゃ》に捧《ささ》げたい

紅城蒼《くじょうあおい》

2020年 9 月15日 初版発行
2021年 9 月30日 再版発行

発行者 青柳昌行
発行 株式会社 KADOKAWA
〒102-8177 東京都千代田区富士見 2-13-3
(ナビダイヤル) 0570-002-301
デザイン Catany design
印刷所 凸版印刷株式会社
製本所 凸版印刷株式会社

ISBN978-4-04-736233-8 C0193

定価はカバーに表示してあります。

◇◇◇